CONCEPCIÓN VALVERDE

El último fado

ALMUZARA

EDITORIAL ALMUZARA • COLECCIÓN NARRATIVA
Director editorial: Antonio E. Cuesta López
Edición: Javier Ortega
Maquetación: Antonio de Egipto

www.editorialalmuzara.com
pedidos@editorialalmuzara.com — info@editorialalmuzara.com

Imprime: Gráficas La Paz

ISBN: 978-84-17044-33-6
Depósito Legal: CO-2453-2017

Hecho e impreso en España — *Made and printed in Spain*

Tive um coração perdi-o
Ai quem mo dera encontrar
Preso no fundo do rio
Ou afogado no mar
Quem me dera ir embora
Ir embora sem voltar
A morte que me namora
Já me pode vir buscar

Amalia Rodrigues

CUADERNO AZUL

I

De todas las hermanas de mi padre la tía Amalia fue la única a la que no conocí. Aunque su muerte se produjo unos días después de que yo naciera, siguió siempre presente en la memoria de todos nosotros, incluso de mí, que no conservo más recuerdo de ella que su nombre.

Cuando alguna de mis tías la mencionaba se hacía un grave silencio del que participaban todos los presentes. Nunca supe exactamente qué día desapareció, ni siquiera tengo muy claro cuándo desistieron de seguir fondeando el río. Pero unas semanas antes de que comenzara el verano la casa se llenaba de un extraño ambiente de afectación y secreteo. Sin duda que era de ella de la que hablaban, a la que rezaban y por la que lloraban y encendían mariposillas de aceite, que iban repartiendo por todas las estancias. Su fotografía cobraba en aquellas jornadas una importancia grande, al hacerse más visible que el resto del año. Era como si aquel angelical rostro, esa suave sonrisa y la chispeante viveza de sus pupilas nos dominase a todos desde la negra superficie del piano donde había sido depositada tras su muerte.

El piano de la tía Amalia había quedado mudo desde entonces. De muy chica imaginaba que en la quietud de la noche unos dedos invisibles tocaban sus desafinadas teclas. Poco a poco me dio por pensar que Amalia vivía dentro de él, enroscada en su cola, con la presencia testimonial de su fotografía encima de aquel ataúd musical que le servía de refugio. La imaginaba mojada y enredada en las algas del río, con el rostro hinchado, amoratado e irreconocible y la mirada vacía y ausente de sus ojos abiertos. Esos ojos que tenían el secreto encerrado en las pupilas; un secreto duro y seco que dominaba a todos los habitantes de nuestra casa. Un secreto desoído por todos menos por mí, que nunca me creí la versión oficial de que la tía Amalia se encontraba paseando cuando debió de resbalar y caer, sin oponer resistencia alguna, a las crecidas aguas del río.

Amalia tenía entonces veinte años y una vida feliz al lado del tío Eduardo.

A él sí lo conocí, porque nunca dejó de vivir en casa de sus cuñadas. Se quedó allí varado, sin otra vida que la que le ofrecían aquellas tres mujeres: el orden de sus ropas, la limpieza y aseo de sus habitaciones y el siempre exquisito y puntual almuerzo en cuanto regresaba del hospital, donde a diario pasaba consulta.

Por las tardes dedicaba dos o tres horas a la lectura en nuestra biblioteca. Decía que nunca dejarían de sorprenderle los tesoros que contenía, y llevaba razón, porque el abuelo Antonio la amplió notablemente cuando se casó con la abuela Amalia, cuyo único ajuar lo componían todos los libros de la imprenta de su padre. Ocho carros atestados de pesadas cajas desembarcaron en nuestra casa. Y detrás de ellos una berlina, en la que una frágil y tímida muchacha apareció del brazo de su flamante marido. Aquí comenzaron su vida de casados y, según las tías, fueron muy felices. Tanto que cuando la abuela murió, en palabras de la tía Hortensia, al abuelo Antonio «se le cambió el carácter».

Era esa una forma velada de decir que, sin la balsámica intervención de su esposa, sacó a relucir lo más agrio de su naturaleza de hombre adusto y poco sociable. Yo, al menos, así lo recuerdo. Su presencia me imponía tal respeto que salía corriendo a esconderme entre las faldas de alguna de mis tías en cuanto notaba sus enérgicos pasos u oía su desafiante voz.

Nunca reparó en mí, nunca me hizo una caricia y nunca me llamó por mi nombre, ese nombre que antes que yo habían llevado ya su esposa y su hija pequeña, y que parecía no querer volver a pronunciar.

Según les he oído contar a mis tías, la abuela era una mujer muy discreta. Quizá no solo fuera por una cuestión de carácter y tuviera más que ver con ello el hecho de que nunca se debió de sentir dueña de nada. Sin duda alguna era muy consciente de que se hallaba en territorio ajeno. Aquella no era su casa, ni aquellos sus criados. Las tierras, tampoco eran sus tierras, ni las cosechas que daban. Quizá ni siquiera dentro del hogar se pudo considerar plenamente dueña y señora, porque allí estaba su cuñada, para recordarle en todo momento que era una forastera.

La abuela Amalia debió de tener muy claro, desde que descendió de aquella berlina, que tan solo le correspondía dedicarse a la tarea para la que había sido elegida por su esposo. A pesar de su aparente fragilidad, aquella tímida joven comenzó a cumplir regularmente con su papel de madre, haciendo que llegaran los hijos a una casa y a unas tierras, orgullosas en extremo de pertenecer a la familia Salvatierra.

A la primera de sus hijas la llamó Beatriz, en recuerdo de la madre del abuelo Antonio. La segunda se llamó Hortensia, como su propia madre, y la tercera llevó el nombre de la única hermana del abuelo Antonio, la anterior tía Celia, que fue la que, además de encargarse de todos los asuntos domésticos con severa determinación, también asumió la crianza de mis tías cuando la abuela Amalia enfermó por primera vez, quizá exhausta tras aquellos tres partos tan seguidos.

A pesar de que los médicos lo desaconsejaron, quiso seguir cumpliendo con su obligación conyugal, al menos hasta que diera a luz a un varón que mantuviera en pie aquella estirpe de ricos hacendados. Tras varios años de fallidos intentos por fin nació mi padre, al que llamaron Antonio, como a todos los varones Salvatierra.

Después de tan ansiado nacimiento los médicos celebraron que por fin llegara el sosiego a aquel devastado cuerpo de mujer, pero no fue así y la abuela Amalia se quedó de nuevo encinta.

Aquella niña nació entre llantos y gritos de desesperación. Todos parecían estar más pendientes de la muerte de la abuela que de su llegada al mundo. Creo que algo parecido debió de ocurrir con la carta en la que mi padre anunciaba mi nacimiento, ya que llegó tan solo unas horas antes del fatídico accidente de la tía Amalia.

En mi familia parece que no pueden coincidir dos Amalias a un tiempo. Ese nombre acostumbra a impregnarse de una profunda tristeza porque, más que aludir a la nueva Amalia, parece estar recordando la irremediable ausencia de la que se ha ido.

II

Después de la cena, el tío Eduardo siempre jugaba con las tías una partida de cartas. Solía ir de pareja con la tía Celia y casi invariablemente ganaban. Aquello sacaba de quicio a la tía Hortensia, que era muy competitiva y no soportaba que a la tía Beatriz le diera exactamente igual ganar que perder. Esa permanente falta de empeño de su hermana la ponía aún más nerviosa que el hecho repetido de la derrota. Todas las veladas, al concluir la partida, Hortensia y Beatriz acababan discutiendo, mientras que Celia y Eduardo intentaban poner paz y prometían que al día siguiente cambiarían de pareja; pero siempre se les olvidaba cumplir el trato.

Aquella partida era el último momento del día en la quebrada existencia del tío Eduardo, sin que pareciera necesitar nada más que tener cerca sus recuerdos.

Era un hombre elegante, de facciones viriles y mirada incisiva; bastante parco en palabras y exquisitamente educado en las formas. Su presencia tenía algo de ausencia, quizá la ausencia de Amalia, que se dejaba sentir en torno a su persona como un aroma profundo. Nunca le oí mencionar a su esposa, nunca lo vi participar de ese ritual misterioso de rezos con el que sus hermanas la recordaban en días de aniversario. Creo que en realidad mis tías secreteaban para no hacerle sufrir más de la cuenta, porque —según la tía Hortensia me solía repetir— el tío Eduardo seguía enamorado como el primer día de su esposa. Y quizá por ello estuviera dedicando toda su vida a evocarla en silencio.

Era un buen médico. Así al menos lo pensaban en el hospital en el que trabajaba desde que llegó a este olvidado rincón de un país que no era el suyo, pero al que parecía haberse adaptado perfectamente. Al hablar conservaba el acento de su idioma materno, una impronta que nunca perdería por muchos años que llevara con nosotros. A él le debo mi excelente dominio del francés. Fue un acierto que la tía Celia le obligara a dirigirse siempre a mí en su idioma. Casi sin darme cuenta, comencé a hablarlo. Y con el tiempo me enseñó a leerlo y a escribirlo: Alejandro Dumas, Julio Verne y Víctor Hugo fueron los primeros autores que conocí alrededor de una tibia mesa de camilla que las tías habían dispuesto para mí en un rincón de la biblioteca. Ese era mi escritorio y el lugar que compartía con el tío Eduardo en las tardes de invierno.

Mientras él se dedicaba a leer, yo hacía mis deberes.

Me tenía fascinada su dominio de todas las materias. Ante cualquier pregunta que yo le hiciera siempre obtenía una respuesta precisa y clara. A veces tan bien explicada y razonada que casi me arrepentía de habérsela formulado por lo mucho que se explayaba con ejemplos, datos y más datos, hasta que reparaba en mi expresión de absoluto desconcierto y comprendía que yo no necesitaba saber tanto todavía.

Creo que fue para mí lo más parecido a un padre. En realidad, las tías y él componían toda mi familia. A mis padres no los recuerdo porque los dos murieron en el mismo accidente, cuando yo tenía menos de un año.

Según las tías, el abuelo Antonio no superó ese tercer y definitivo golpe. La vida le fue desde entonces indiferente y nada volvió a llamar su atención; ni siquiera yo, que deambulaba sin rumbo fijo por aquella casa de gente mayor.

Cuando llegaba el buen tiempo solía sentarse en el porche principal y allí podía pasarse toda la mañana o toda la tarde, inmóvil, con las dos manos apoyadas en su bastón de marfil, sus lentes ahumados y un elegante sombrero panamá. Sus hijas le solían llevar refrescos, el periódico o frutas recién cortadas de los árboles del huerto. Apenas si probaba algún bocado. Tan solo fumaba de vez en cuando unos suaves cigarrillos egipcios, cuyo olor no he olvidado.

Nunca se le veían los ojos, y aquello me intrigaba. Llegué a pensar que era ciego y que no me hablaba porque en realidad no me veía. Por eso, una tarde en la que la curiosidad se me hizo insoportable me acerqué hasta él y comencé a observarlo fijamente, con la tranquilidad de saberme invisible; pero pronto descubrí que no era así.

—¡Celia, venid alguna de vosotras y llevaos a esta niña de aquí, que me está importunando! —gritó.

Mis tías, en especial la tía Hortensia, consiguieron que aquellos desprecios no me ofendieran. Quizá porque insistían en recordarme que estaba ya muy lejos de nosotros, que vivía instalado en unos recuerdos de los que era incapaz de salir.

Cuando murió colocaron encima del ataúd su bastón y yo, en un descuido, me atreví a tocar su empuñadura. Siempre me había fascinado aquella cabeza de dragón chino, con los ojos desorbitados, los colmillos desafiantes y esas gruesas escamas del cuello. Me produjo un extraño escalofrío su tacto, porque era como si sus manos siguieran allí detenidas.

Al dragón no lo volví a ver hasta que a la tía Beatriz le dio, muchos años después, un ataque severo de ciática y comenzó a valerse de él para caminar. En sus manos era bien distinto el efecto. Sin duda que ella lo llenó de calor y aquel temible animal no tuvo más remedio que amansarse.

III

Poco antes de que el abuelo Antonio muriera, acabó de desprenderse de las últimas tierras de cultivo que durante generaciones habían constituido la principal actividad de nuestra familia. Para entonces ya no quedaba ningún jornalero, salvo el viejo Bernardo, que era de la edad del abuelo y ya no estaba en condiciones de llevar la tierra que en otro tiempo nos labraba; ni el abuelo tampoco tenía fuerzas para mandar en él. A los dos pareció apagarles la misma ráfaga de aire frío, que no era más que la certeza de su irremediable vejez.

Según la tía Celia, si mi padre no se hubiera marchado las cosas habrían sido de otro modo y en absoluto hubiéramos tenido que renunciar a aquella hacienda que tanto había significado para nuestra familia, desde que un antepasado del abuelo Antonio regresó de La Argentina.

El primer abuelo Antonio puso en marcha un novedoso modo de explotación, que llegó a ser la admiración de toda la comarca. El sistema de regadío, el tipo de cultivo, el tratamiento de la tierra y sus métodos de abono fueron importados desde el otro hemisferio. Y nuestra familia vivió holgadamente durante siete generaciones, hasta que aquel orgullo de indianos ricos desapareció con el último abuelo Antonio.

Cuando les preguntaba a las tías por qué se fue mi padre, sus rostros se demudaban antes de contestarme con evasivas.

—¡Debía de haber estado aquí, relevando al abuelo! —era lo único que le oí decir a la tía Celia, con una severidad y un rigor que recordaban mucho los de su progenitor.

En cambio, Hortensia solía ser más hábil al responder. Su treta consistía en devolverme inicialmente la pregunta, para luego generalizar y así salir del paso sin darme apenas respuestas.

—¿Por qué lo preguntas? A menudo los jóvenes quieren vivir aventuras y experiencias distintas y no aceptan que su vida sea diseñada de antemano. Eso es lo que le ocurrió a tu padre, Amalia. No es más que eso. ¿Qué otra cosa te imaginas?

Antes de que yo pudiera contestar, la tía Celia intervenía de forma tajante para recordarles a sus hermanas que dejaran de hablar porque, según sus palabras, *aquello no había que removerlo.*

Como era muy amiga de los reproches siempre acababa diciendo algo que a la tía Hortensia la hacía llorar y encerrarse en su cuarto por unas horas. En una de aquellas ocasiones añadió algo así como que le gustaba recordar lo que debemos olvidar. Y acabó con una frase que no entendí:

—¡Con tu palabrería solo vas a conseguir que la niña se imagine cosas que no debe! ¡Tuya es la culpa de que sea tan averiguadora!

En realidad yo no imaginaba nada, pero comentarios como aquel provocaban en mí el afán de llegar más lejos. Tantas ambigüedades y contradicciones desataron toda mi curiosidad infantil y desde muy niña me habitué a desconfiar de lo que me decían y a buscar por mi cuenta una respuesta diferente. Me acostumbré a pensar que la verdad debía de rastrearla por mí misma. De ahí que la búsqueda de indicios, la asociación libre y, sobre todo, la elaboración de las teorías más truculentas y extravagantes, compusieran mi forma de dar respuesta a todo aquello que no entendía.

IV

Aunque ya no había hacienda que atender, mi familia dejó que Bernardo y su mujer siguieran viviendo en la casa donde habían pasado los últimos cincuenta años. Era una modesta vivienda de labradores que se encontraba al otro lado del huerto que rodeaba a la nuestra.

¡Aquel huerto fue mi paraíso infantil!

Desde la casa se llegaba a él tras recorrer dos amplios patios dispuestos en sentido ascendente, que se cubrían de un fresco emparrado en verano. Las tías los tenían flanqueados de macetas. Tras aquel fragante recorrido aparecía en todo su esplendor nuestro huerto, poblado de variadas especies de árboles frutales y de grandes macizos de flores, en cuyo fondo se alzaba la majestuosidad de un pino. En otoño solían criarse en su falda unas intensísimas violetas y la tía Hortensia las recogía diariamente para hacer un ramillete que colocaba en la solapa del abuelo Antonio.

En el primer patio había un pequeño pilón, en el que en verano me dejaban bañarme. Su fondo se llenaba con frecuencia de verdín. Recuerdo que en cuanto pisaba alguna de aquellas barbas resbaladizas inmediatamente me salía del agua, porque su babosa suavidad me asustaba tanto como las teclas del piano de la tía Amalia. El cieno verde que se alojaba en el fondo y en sus paredes me hacía imaginar a la tía dentro del río, envuelta en esa pegajosidad con la que la muerte la había hecho suya.

El agua siempre me dio miedo. Nunca me acercaba al río. En realidad, ninguno de nosotros lo hacía. Desde el porche principal de la casa lo veíamos discurrir por el valle. A esa altura, que lo convertía en un espejo de cambiantes tonos, engañaba su aparente quietud. Pero hasta allí arriba nos llegaba la furia de su verdadera naturaleza a través de su constante rumor, unas veces desaforado y violento y otras más apacible y calmo.

El río nunca dejó de estar presente en la vida de todos nosotros desde esa distancia prudencial con la que nos habíamos protegido de él y de su devastador efecto. Quizá el abuelo Antonio se dedicaba a mirarlo sin tregua tras sus gafas ahumadas, como intentando comprender su secreto.

V

A pesar de que fue mi único abuelo no dejo de referirme a él acompañándolo de su nombre, porque si le llamara a secas *abuelo*, sería como mostrar un afecto y una intimidad que nunca me permitió. Resulta curioso que, en cambio, el viejo Bernardo despertara en mí sentimientos más cercanos a la idea de abuelo.

Él también fumaba, aunque su tabaco olía a rayos. También llevaba traje, pero siempre el mismo, de pana y con unas curiosas rodilleras rectangulares de tela negra que abarcaban casi toda la pernera. Los lamparones que se fueron depositando en él, año tras año, le habían dado un ambiguo color grisáceo. En vez de los elegantes cinturones de cuero con que el abuelo Antonio hacía acompañar sus diferentes trajes, Bernardo llevaba siempre un fajín negro enroscado a la cintura y sustituía los delicados zapatos ingleses que al abuelo le hacían llegar desde la capital por unas albarcas hechas con suela de neumático. Pero sus ojos, grandes y legañosos, no estaban tapados por ningún cristal y a través de la tristeza de sus constantes lágrimas me llegaba la franqueza de su mirada y la sonrisa de su boca desdentada. Sus manos no sujetaban un elegante bastón sino que se apoyaban en un tosco cayado, pero cuando me veía las extendía con entusiasmo a modo de saludo y encerraba entre sus gruesas palmas las mías. En primavera o verano siempre estaba sentado delante de la única ventana de su casa que daba a nuestro huerto y yo me acercaba todas las mañanas hasta ella. Me recibía con una inocente sonrisa, más propia de un niño que de un anciano. Apenas si hablábamos, porque no nos hacía falta. A través de sus dedos amarillos, de uñas descuidadas y sucias, lo observaba liar con destreza aquel tabaco infame, que más tarde encendía con una yesca.

Mientras él fumaba, su mujer se afanaba en preparar el hogar. Aquella cocina consistía en una chimenea abierta y grande, en cuyo centro se encontraba el fuego. Sobre unos trébedes se colocaba un puchero, único utensilio de menaje que les servía tanto para calentar la leche del desayuno como para cocer las sopas del almuerzo y de la cena. Con ellos he comido las mejores mazorcas de mi vida. En aquella lumbre Carmen las ponía a asar y cuando estaban cogiendo color y algunos granos se habían puesto negros, me las daba por la reja de la ventana. A Bernardo le gustaba verme comerlas entre resoplido y resoplido.

Carmen era más distante que Bernardo y cuando veía que entre nosotros había demasiada complicidad solía reprender a su marido y a mí me invitaba a irme.

—¡Deja en paz a la señorita con tus patrañas, que seguro que la están echando de menos en la casa grande!

Bernardo no replicaba, sino que me miraba con sus llorosos ojos.

—¡Ande, señorita, váyase, pero no se olvide de venir mañana! —me decía mientras sacaba de los bolsillos un sucísimo pañuelo, con el que se restregaba aquellos tristes ojos.

Siempre pensé que era el pañuelo de nuestras despedidas y no el de sus lágrimas.

Cuando llegaba el invierno no dejaba de visitarles. En aquellas ocasiones entraba en su casa y podía observar la pobreza en la que vivían. El dormitorio no tenía camas, sino unas esteras sobre las que habían colocado un colchón de farfolla. Un destartalado baúl, tres o cuatro clavos en la pared, de los que colgaban unas ropas raídas y una desconchada jarra con una palangana abollada hacían las veces de mobiliario. En el hogar tenían un par de bancos a ambos lados y allí comían directamente lo que apartaban del puchero. Y nada más, eso era todo.

Aquella casa tenía otras estancias, ahora vacías, que en su día sirvieron a Bernardo y a su hijo Agustín para guardar los aperos de labranza. Un pequeño corral, en el que tenían el gallinero, les servía de aseo. Recuerdo la impresión que me produjo la primera vez que vi a Carmen orinar como lo hacían las mujeres del campo: de pie. Se trataba de separar las piernas y dejar que todo sucediera con la complicidad de la amplia falda que le llegaba hasta los pies.

En invierno solíamos visitarles principalmente para llevarles comida y saber de ellos. Era la tía Beatriz la que se dedicaba a aquel caritativo menester, del que el abuelo Antonio nunca tuvo noticia. Yo solía acompañarla, porque eso me permitía seguir disfrutando de aquel casi abuelo. Las panochas se volvían entonces castañas, que su mujer asaba con la misma maestría de siempre, y allí los cuatro nos entreteníamos charlando y recordando los tiempos en los que nuestra casa estaba llena de jornaleros y los campos daban cosechas memorables. Bernardo solía hablar de los montones de trigo y de cebada que se recogían y de los incontables sacos que montaban en carros durante varias semanas hasta llevarlos a la estación de tren. Carmen apenas si participaba de nuestra conversación. Permanecía como una sombra ovillada en torno al hogar, cabizbaja y pensativa. Su marido solía secarse constantemente los ojos con su mugriento pañuelo, como si la melancolía de aquellos recuerdos le hiciera llorar.

—¡No llora, es que tiene enfermos los ojos! —me decía la tía Beatriz al salir de allí. Pero para mí que era tanta su añoranza de los tiempos pasados, que las lágrimas se le habían quedado ya fijas y de vez en cuando se desbordaban y tenía que guardárselas en los bolsillos.

Su hijo Agustín nunca regresó y creo que nunca recibieron de él carta alguna, o al menos, eso era lo que yo pensaba.

—¿Por qué no viene a verlos? —me atreví a preguntarle a la tía Beatriz cuando una mañana de Navidad regresábamos de llevarles algunos dulces y golosinas.

A diferencia de lo que solía pasar siempre que yo hacía una pregunta de ese tipo, en aquella ocasión mi tía me habló con tanta emoción que me hizo pensar que esta vez sí que estaba siendo sincera.

—A veces un hijo se ve obligado a vivir separado de sus padres y no lo hace porque sea un mal hijo. ¡Hay situaciones que nos sobrepasan a todos y nos impiden actuar como quisiéramos! Agustín era muy buen muchacho y sus padres lo saben —miró con recelo a su alrededor, temerosa quizá de que alguien nos estuviese escuchando, antes de continuar—. Cometió el error de enamorarse de quien no debía y eso le costó muchos sufrimientos.

Se irguió y me sujetó con fuerza de la mano, mientras continuábamos caminando hacia nuestra casa, de la que nos llegó el dulce aroma de aquella comida que en nada se parecía a la de Bernardo y Carmen. Al aproximarnos a la entrada vimos la silueta de la tía Celia detrás de los visillos del ventanal de su habitación. La tía Beatriz apresuró el paso con nerviosismo y antes de entrar en el porche me pidió que no le revelara a nadie lo que me había dicho.

Le hice caso, sobre todo porque no tenía a quién contar mis secretos, ni tampoco alcanzaba a saber qué me había querido decir con aquel comentario, al que le di muchas veces vueltas y más vueltas sin ningún éxito.

VI

No había motivo aparente para que yo no aceptase la versión que mis tías me dieron de la muerte de Amalia, pero con el paso de los años se iba asentando en mi cabeza la idea de que algo distinto a un accidente había provocado su desgracia. No tenía la más mínima duda de que ellas me ocultaban muchos detalles de esa triste historia. Detalles decisivos, que arrojarían luz a aquel enigma el día en que consiguiera descubrirlos.

Tendría unos trece años cuando me atreví a levantar la tapa de aquel piano. Como era de esperar allí dentro no había más que un entresijo de polvorientas clavijas. Al hacerlo cumplí con ese deseo que me había perseguido en mis primeros años. Mientras colocaba de nuevo la fotografía de la tía Amalia sobre su brillante superficie, pensé que quizá fuera en ella en la que se hallara alojado el secreto. Así que, cuando no me veían, me colocaba a corta distancia del cristal y observaba aquella dulce imagen fijamente. Pero no descubrí otra cosa que no fuera la radiante felicidad de una muchacha que se había prometido.

Hacía pocos meses que Amalia había regresado del internado cuando visitó nuestra casa un fotógrafo de la capital, que recorría dos veces al año la provincia. Según le oí decir a la tía Hortensia, el abuelo concertó la sesión unos días antes de que el tío Eduardo pidiera su mano. Como era costumbre que los prometidos intercambiaran sus respectivos retratos —amorosamente dedicados, con elegante caligrafía y una fecha común—, de golpe me asaltó la duda de qué habría escrito en su reverso. Quizá allí pudiera encontrar respuesta a mi desorientada curiosidad.

Aproveché la calmada hora de la sobremesa para destapar el marco y sacar la fotografía. Me costó separarla del cristal porque el tiempo la había fijado fuertemente a él. Cuando por fin conseguí extraerla del marco descubrí que no eran una, sino dos, las fotos allí alojadas. Al separarlas me topé con el rostro un poco asustado de un joven de grandes ojos que miraba a la cámara con recelo. No llevaba traje, lucía una camisa de cuello de tira y no era el tío Eduardo.

En los reversos de ambos retratos no había dedicatoria alguna, tan solo aparecía el sello del estudio fotográfico y la misma inicial en las dos, una A mayúscula.

¿Quién era ese desconocido joven?, pensé mientras intentaba volver a colocarlas de nuevo dentro del marco.

Aquel afamado fotógrafo solía exponer en el escaparate de su estudio algunas muestras de su trabajo, con especial atención a comulgantes, señoritas en edad de merecer, parejas de recién casados y soldados. Una copia de la fotografía de la tía Amalia estuvo allí colocada durante muchos años, sin que nosotros lo supiéramos. Lo descubrió la tía Hortensia en una de las raras ocasiones en las que viajó hasta la capital sin la compañía de sus hermanas. Al verla sonreír desde el otro lado de aquella vitrina abarrotada de niños, militares y enamorados, tuvo la extraña sensación de que Amalia seguía viva, detenida dentro de aquella moldura de rugoso cartón de color marfil, en cuyo borde resaltaba, en tinta dorada, la elegante firma del fotógrafo.

Durante unos minutos dudó acerca de si debía entrar y pedir que la retiraran de la exposición o dejar que su hermana siguiera entretenida con el deambular constante de las gentes que transitaban por aquella concurrida y céntrica calle. Cuando al fin traspasó el portal y llamó a la puerta del estudio se encontró con una mujer tan joven como la Amalia del retrato. Parecía acostumbrada a explicar que el fotógrafo murió hacía más de diez años y que de su estudio ya no quedaba más que aquella hornacina de cristal en la que las fotos se iban amarilleando y doblando por los bordes, sin que nadie supiera qué hacer con ellas. Le confesó que casi todos los días limpiaba la superficie del cristal para que se vieran bien los rostros de aquellas personas desconocidas, a las que había acabado por tomar cariño.

—¿Conoce usted a alguno de ellos? —preguntó la joven con franca curiosidad.

La tía Hortensia negó con la cabeza y se despidió.

Ya de regreso, estuvo tentada de decirles a todos que había visto a Amalia en la ciudad. En realidad, si lo hubiese hecho no hubiese mentido en absoluto, pero el susto que les hubiese dado y la reprimenda que Celia le habría echado por jugar tan irresponsablemente con las palabras, habría sido monumental. Aunque lo que de verdad le hizo callarse fue que, conociendo a su hermana, sabía que a la mañana siguiente la foto habría desaparecido de allí y no sabía si eso le sentaría bien a Amalia, ni a la joven que limpiaba con esmero aquella hornacina.

—Preferí que siguiera estando un poco más viva. Quizá algunos transeúntes repararían en su belleza. ¡Qué sé yo si los muertos se enteran de estas cosas y no les gusta que los olvidemos!

Así fue como la tía Hortensia acabó de contarme su pequeño secreto, cuando me descubrió en la quietud del salón trasteando con la foto del piano. Si hubiese sido la tía Celia, no hubiera tenido más remedio que buscar una buena excusa, pero tratándose de ella no le oculté lo que estaba haciendo. Cuando me atreví a preguntarle por el joven de la otra foto, no se detuvo a mirarlo, mientras me ayudaba a introducir aceleradamente su imagen dentro del marco, como si temiera que alguna de sus hermanas la sorprendiera a ella también.

—¡Es Agustín! Recuerdo que ese día se retrataron también los mozos de las fincas para el censo militar. Uno de aquellos quintos era él. ¡No sé cómo se ha quedado su foto pegada a la de Amalia todos estos años! —exclamó afectadamente.

—Se la podemos dar a Bernardo —dije yo.

—Sí, se la daremos un día de estos —añadió mi tía, aunque en su gesto no vi que fuera a hacerlo.

No pude dejar de preguntarle si Agustín había sido novio de la tía Amalia.

Antes de contestarme, la tía Hortensia lanzó una forzada carcajada.

—¿Cómo se te ha ocurrido algo tan extravagante?... ¡Si Agustín era un criado de esta casa!

—Los novios se intercambian las fotos —respondí con total seguridad.

—¿Y tú qué sabrás lo que hacen los novios? ¡Ya tendrás tiempo de pensar en esas cosas! Ahora te toca estudiar y nada más —me miró con emoción y me abrazó contra su pecho, antes de seguir hablando—. ¡Cómo te voy a echar de menos cuando te vayas!

Y juntas abandonamos aquella sala donde seguían encerrados tantos enigmas en torno a la quietud de un mudo piano.

VII

Al igual que hicieron mis tías Celia y Amalia, yo también me iría ese año a estudiar fuera. Pero antes de abandonar aquella casa y mi infancia, se produjo un suceso que me alteró profundamente y me hizo no volver a dudar nunca más de que un terrible secreto se escondía detrás de la muerte de la tía Amalia.

Recuerdo que la voz del tío Eduardo llegaba con nitidez desde su dormitorio hasta el corredor por el que yo caminaba distraídamente pensando en qué podía ocupar las dos horas que aún quedaban hasta que me fuera en el coche con mis tíos. Los días de mercado solían llevarme con ellos y el tío Eduardo me invitaba a helado o a un refresco, mientras que la tía Celia se entretenía comprando en los puestos ambulantes, que siempre estaban muy concurridos.

Se notaba que estaba hablando con una mujer. No supe cuál de mis tías era hasta que no me coloqué en el quicio de la puerta de su alcoba con mucho sigilo y contuve la respiración. Las dos voces sonaban intensas y apasionadas. Me pareció que aquello no era una simple charla intrascendente. Les debía de haber sorprendido a ellos también, porque no habían reparado en que la puerta estaba entornada. Tardé en reconocer el timbre seco de la tía Celia porque tan solo se la oía sollozar, mientras un desconocido tío Eduardo le dirigía unas contundentes palabras.

—¡Fue una terrible equivocación!

Por la ranura de la puerta observé cómo la tía Celia se dejaba caer de rodillas ante él, en un gesto de marcada teatralidad, mientras le pedía perdón agarrada a sus pantorrillas. El tío Eduardo la levantó con delicadeza y la sentó al borde la cama. Ahora era él el que se arrodilló ante ella, mientras le besaba las mejillas y callaba sus labios con atropellados e insistentes besos.

—¿Te imaginas lo que hubiese sido cargar toda la vida con semejante deshonra? ¡Ni tú ni yo nos lo hubiésemos perdonado nunca! —exclamó la voz profundamente tierna de una desconocida tía Celia.

Cesaron de hablar durante unos interminables minutos, tras de los cuales la vi a ella incorporarse despeinada y con la blusa desabrochada. El tío Eduardo se recostó en la cama mientras observaba a su cuñada calzarse.

—¡Perdóname, querida!... Llevas razón —aseveró dócilmente.

La tía Celia se acercó de nuevo a la cama y le besó, como queriendo con ello acallar su disculpa.

—¡Si quieres no llevamos hoy a la niña y pasamos todo el día solos! —dijo ella.

La respuesta del tío Eduardo no se hizo esperar: sus brazos la amarraron contra su cuerpo y yo salí corriendo escaleras abajo. Me alejé todo lo que pude de la casa y en un rincón del jardín me tendí en la hierba a llorar desesperadamente. No se me olvida que lo que más me ofendió fue pensar que para la tía Celia yo no era más que un incómodo estorbo. A pesar de que de las tres hermanas era la menos cariñosa conmigo, hasta ese momento pensé que obedecía a su carácter, pero ahora me daba cuenta de que esa mujer realmente no me quería.

Me debí de quedar adormilada entre sollozos, hasta que me despertó la tierna voz de la tía Hortensia, que me llamaba para decirme que me estaban ya esperando en el coche. En un primer momento pensé en negarme a ir, para que así pudieran besarse a su antojo, sin incómodos testigos, pero al instante reparé en que esa reacción podía delatarme. Era mejor que no se dieran cuenta de que yo conocía su secreto y de paso aprovecharía el viaje en coche para observarlos desde el asiento trasero.

La tía Celia era demasiado lista como para cometer otro error. Durante todo el trayecto apenas si hablaron y en ningún momento cruzaron las miradas, pero yo ya no volví a verlos de la misma manera que antes.

¿Desde cuándo estaban juntos?, era la pregunta que me hacía insistentemente, mientras los observaba de espaldas, tan estirados y tan aparentemente formales en los asientos delanteros del coche. Si su amor hubiera surgido después de la muerte de la tía Amalia no tendría la mayor importancia. Pero, ¿y si todo hubiera comenzado mucho antes? En ese caso, puede que la muerte de Amalia estuviera directamente relacionada con su pecaminosa relación.

Por la noche me dediqué a analizar con cuidado todos los detalles. ¿Qué era aquello que el tío Eduardo calificaba como una equivocación? ¿De qué se arrepentía? Aunque las palabras más inquietantes fueron sin duda las de ella cuando mencionó el término deshonra y aludió a algo que no se debía de saber.

Aunque no supiera de qué hablaban, de lo que no me cupo ninguna duda era de que me encontraba ante un oscuro asunto relacionado con la desaparición de la tía Amalia, de la que ellos eran, muy posiblemente, los responsables.

Las razones habría que estudiarlas con detenimiento y sobre todo buscar los argumentos que sostuvieran cualquiera de las teorías que me asaltaban.

¿Tendría algo que ver con la muerte de su esposa el que el tío Eduardo estuviera enamorado de su hermana? El silencio con el que se conducía por la casa y el hecho de que apenas si se le oía alguna vez pronunciar su nombre, hacían de él un sospechoso excepcional. Además, según parece, fue el último que la vio con vida.

Entre la versión de la caída y la de un violento empujón no había mucha diferencia. Tan solo la que distingue las palabras accidente de asesinato.

¿Y si la inductora de todo aquello hubiera sido la tía Celia? Quizá llevaran desde el principio siendo amantes. Puede que Amalia los descubriera en el río y no tuvieran más remedio que empujarla. Incluso pudo hacerlo ella sola, su hermana predilecta, en un ataque de celos.

Se abrían tantas posibilidades que tenía que poner orden mi cabeza para no perder la oportunidad de seguir por el buen camino sin cometer errores. Aquello se comenzaba a parecer a las novelas de Agatha Christie que tanto me gustaban.

Al llegar a este punto el corazón me palpitaba aceleradamente, sentía la boca seca y no me atrevía a abrir los ojos. Oí con nitidez desde la cama cómo una puerta se abrió, el eco de unos pasos y varios susurros. Todos aquellos sonidos cobraban ahora un sentido distinto al de cualquier otra noche.

Cuando de nuevo se hizo el silencio me quedé paralizada al pensar que quizá ellos se hubieran dado cuenta de mi presencia y yo estuviera realmente en peligro.

Si fueron capaces de matar a la tía Amalia para guardar su sucio secreto ¿por qué no iban a provocar un accidente también conmigo?

VIII

A la mañana siguiente comencé a verlo todo de una forma
más serena. Quizá el amor entre ellos había surgido después
de la muerte de Amalia. Tampoco era tan extraño que dos
personas que conviven durante años y que no tienen compro-
miso alguno puedan sentirse atraídas e inicien una relación.
Incluso puede que el recuerdo de ella les impidiera formali-
zar su situación, ya que ninguno de los dos querría ofender
su memoria. Así se podrían entender los argumentos de la tía
Celia al hablar de deshonra. Puede que considerara un tanto
incestuoso el hecho de amar a su propio cuñado.

Desde este punto de vista, Eduardo y Celia se volvían dos
criaturas maravillosas, discretas y nobles, que se amaban en
secreto para no ofender la memoria de la difunta esposa y
hermana a la vez. Por un momento me reí de mis miedos de
la noche anterior. La novela policíaca se había convertido en
novela rosa. Aliviada, bajé las escaleras corriendo camino de
la cocina, donde me esperaba el desayuno que todos los días
me preparaba la tía Hortensia. Pero a media mañana dejé el
caso de Poirot que tenía entre manos y volví a darle vueltas a
esa obsesión que desde que era muy pequeña me había hecho
sospechar que a la tía Amalia la habían asesinado.

Ahora todo se había precipitado, ya que el asesino sin duda
vivía en nuestra casa.

Noté un extraño vértigo que aceleraba mi respiración al
llegar a este punto. Caminé con el libro de Agatha Christie
hasta mi rincón favorito del jardín. Sentada debajo de aquel
hermoso manzano que había hecho mío, observé la silueta de

la casa recortada en la distancia, tan inocentemente pequeña que parecía de juguete. Me propuse firmemente no cejar hasta penetrar en sus secretos más oscuros. Pero a esas horas tan amables del día me asaltaron de nuevo las dudas sobre aquella estrafalaria teoría que convertía a mis tíos en un par de asesinos sin escrúpulos. Cuando estaba a punto de volver a la versión rosa de aquel amor entre cuñados, de golpe me vino el recuerdo de cuando, con siete u ocho años, le confesé a la tía Hortensia mis tímidas sospechas de entonces. Estaba convencida de que iba a echarse a reír o a reprenderme por pensar semejante atrocidad, pero no ocurrió ninguna de las dos cosas. Su reacción me resultó tan sorprendente que desde entonces consideré firmemente la teoría del crimen.

Me zarandeó nerviosa y me suplicó que no se lo dijera a nadie y que no volviera a pensar esas cosas tan horribles. Después se dejó caer en el sillón en el que estaba sentada y comenzó a llorar desconsoladamente.

Yo me quedé inmóvil hasta que apareció la tía Beatriz y me llevó con ella a la cocina. Mientras me servía un trozo grande de bizcocho me dijo que ellas siempre se ponían tristes cuando recordaban a su hermana.

¿Por qué entonces, con tan pocos años, ya me dio por pensar que la tía Amalia había sido asesinada?

Creo que la culpa la tuvo una película que vimos en el cine de verano. Entonces nadie se alarmaba porque los niños vieran cine de adultos. Aquella película era muy escabrosa. Yo no entendí casi nada de lo que iba sucediendo en la pantalla, pero se me quedó muy grabada la secuencia en la que se veía a una mujer de espaldas, muy cerca del cauce de un río. La mujer oía unos pasos y se volvía a cámara con una mirada confiada y una amplia sonrisa dibujada en los labios. Su rostro comenzó a cambiar de expresión y su mirada se volvió atemorizada, cuando unas manos de hombre, rudas y fuertes, aparecieron en primer plano. Aquellas decididas y frías manos rodearon el frágil cuello de la actriz, que ahora nos ofrecía un variado repertorio de angustiados gestos. Poco a poco sus ojos se iban quedando en blanco y sus manos iban perdiendo fuerza a la hora de intentar separar de su cuello las de su agresor. Lentamente aquella mujer fue resbalándose hasta caer a los pies de su asesino. Los brazos de aquel hombre, del que nunca se vio el rostro, levantaron sin esfuerzo su frágil cuerpo para después lanzarlo al cauce del río. La mancha blanca y flotante de su hinchado vestido se fue deslizando suavemente hasta desaparecer del plano. Ahora las manos del hombre se afanaban en borrar las huellas de sus pisadas sobre la tierna hierba de la ribera.

A pesar de que yo conocía perfectamente las facciones de la tía Amalia por la fotografía del piano, desde esa noche para mí tuvo el rostro de aquella actriz y su muerte comenzaba a ser aquella muerte cinematográfica.

Los días que siguieron a la conversación de mis tíos me resultaron cada vez más incómodos. Apenas si cruzaba palabra con la tía Celia y al tío Eduardo lo rehuía constantemente. Disimuladamente me dediqué a observarlos, en un intento por saber más de su historia de amor. Ahora que lo había descubierto me parecía que debía de estar ciega o ser muy ingenua para no haber sospechado mucho antes de su relación. Ya no me resultaba casual que las habitaciones de ambos fueran contiguas. O que las separara una puerta interior, que yo creí hasta entonces clausurada, pero que ahora no me cabía la menor duda de que les servía para disfrutar de una intimidad, si no secreta, al menos sí que bastante discreta.

Era evidente que las tías lo sabían. De ahí que nunca se rebelaran contra el hecho de que siempre jugaran de pareja a las cartas o se quedaran tomando el café en una sobremesa, de la que ellas casi nunca formaban parte. Siempre que había que ir a la capital a resolver gestiones iban los dos en el coche del tío Eduardo y hasta en un par de ocasiones ella lo acompañó a visitar a unos familiares suyos que vivían cerca de Rouen. Por supuesto que era Celia la única que iba con el tío Eduardo cuando este decidía comprarse alguna prenda de vestir, e incluso ella era la que le reñía si le sorprendía comiendo algo que no estaba en su dieta. Constantemente le recordaba los compromisos o citas que tenía pendientes y también era ella la que contestaba en su nombre por teléfono cuando él no estaba en casa.

¡Había que ser muy despistado para no darse cuenta de aquello!, me reproché en más de una ocasión, mientras iba atando los cabos de aquella velada relación.

Incluso pude observar entre ellos leves muestras de cariño y expresiones de afecto que iban más allá de las que el tío Eduardo mantenía con sus otras cuñadas. Hasta ahora no había reparado en que siempre que regresaba del hospital preguntaba por Celia si acaso ella, como era su costumbre, no salía a recibirle. En sus modos y maneras se notaba que llevaban muchos años juntos, que aquel amor no había surgido de golpe.

Eran sin duda como un viejo matrimonio.

Al final de ese verano tuve que dejar de lado mis investigaciones, no solo porque estuvieran en un punto muerto, sino porque se abría ante mí una nueva etapa en la que me iba a alejar por primera vez de mi familia. Me esperaba el internado, en el que pasaría los próximos tres años. A partir de entonces tan solo regresaría en vacaciones. Me dio por pensar que poco a poco me iría separando de mis tías y de sus velados recuerdos y que, de año en año, las vería envejecer lentamente, sin perder la elegancia de viejas señoritas bien que conservaron hasta el final.

Lo que no logré entender, ni entonces ni nunca, era por qué no solían hablar con naturalidad de sus vidas. Desgraciadamente, en nuestra familia se había instalado el secreto como una forma natural de convivencia.

IX

Cuando cumplí dieciséis años apenas si recordaba aquella vieja obsesión que tuve de niña. Mi vida de entonces la ocupaban por completo mi paso por el internado, las amigas que allí había hecho y un chico del equipo de baloncesto de un colegio cercano del que me había enamorado secretamente.

Llegó aquel verano y con él mi regreso a nuestra casa. Al entrar en ella me invadió el denso y pesado olor del pasado. De golpe sentí un miedo atroz a que con el tiempo acabara pareciéndome a mis tías y, al igual que ellas, me quedara allí, detenida para siempre. Al pasar por el piano apenas si reparé en la foto de la tía Amalia. Recordé tan solo el terror que me producían sus teclas y la imagen mojada que suponía en su interior. Muy lejos quedaba ya aquel día en el que reuní el valor suficiente para levantar su negra tapa. El misterio había desaparecido, como tantas otras cosas de mi infancia. Una infancia que yo alargué todo lo que pude, rodeada de mis insondables tías.

Poco me importaban ahora los amoríos de la tía Celia con su cuñado. Como tampoco me preocupaba saber qué fue de la pobre Amalia. Me había hecho mayor y mis inquietudes eran bien distintas a las de antes. Me estaba esperando mi vida para estrenarla en cuanto comenzase el nuevo curso y me trasladara lejos, a casi quinientos kilómetros, para iniciar allí mis estudios universitarios. Pensé para mis adentros que se acercaba el momento en el que debía de agarrar con fuerza las riendas de mi vida para no soltarlas ya nunca.

Al formular en mi cabeza aquella sonora frase, no podía imaginar todo lo que acabaría descubriendo ese amargo verano.

Casi por casualidad me enteré de lo profundamente desdichada que fue la tía Beatriz durante los años en los que estuvo casada. En absoluto me lo podía haber imaginado de ella, sin duda la más alegre y serena de las tres hermanas. Ella, que solía hablar con extremada dulzura y procuraba que sus palabras sonaran siempre amables, resulta que había vivido la peor de las pesadillas al lado de un marido, al que los celos consumían atrozmente. Nunca habría sospechado aquel escenario perverso en una mujer tan sosegada, capaz de conducir admirablemente cualquier situación, por muy complicada que fuera. Siempre le agradecí que huyera de los dramatismos e intentara buscar las soluciones, evitando tanto los lamentos como los reproches, que en extremo gustaban a su hermana Celia. Envuelta en su exquisita discreción, no me dio nunca la sensación de que hubiese tenido una vida tan amarga como la que vivió al lado de ese crudelísimo esposo.

Hortensia me lo había descrito en una ocasión y recuerdo que me impresionó el gesto de repulsión que leí en su rostro al hablarme de su taciturna mirada, de sus extemporáneos gestos y, sobre todo, de su huraño carácter. Por lo visto, apenas si cruzaba un par de palabras con los demás asistentes a las veladas que la anterior tía Celia se preocupaba de organizar para presentar en sociedad a sus dos sobrinas mayores.

No cabe duda de que el hecho de que dispusiera de una enorme fortuna fue lo que provocó la desgracia de la tía Beatriz. El abuelo Antonio no tuvo en cuenta, como no lo hacía entonces ningún padre, que Beatriz y Hortensia fueran unas tiernas muchachas de tan solo veinte y diecinueve años. El brillo de la codicia debió de iluminar sus pupilas, cuando supo que varias de las islas de aquel archipiélago en el que vivía eran enteramente de su propiedad. A partir de ese momento se empeñó en conseguir casar a alguna de sus hijas con él, sin tener en cuenta que el dueño de la mayor plantación de tabaco del país y de los viñedos que producían uno de los más afamados licores del mundo fuera un solterón que había cumplido ya la cincuentena. Ni siquiera se apiadó de su hija mayor cuando le imploró que no la casara con aquel hombre, por el que no sentía afecto alguno.

Mucho disfrutaba en esos días Antonio Salvatierra imaginando el alcance de una unión comercial de tal magnitud. Curiosamente, lograr el que pensaba que sería el mejor negocio de toda su vida, en realidad, no le costó ni el más mínimo esfuerzo, porque aquel excéntrico caballero, que apareció por nuestra casa para conocer el vino que se hacía en nuestras bodegas, desde el primer instante demostró un interés casi obsesivo por la tía Beatriz. Quizá su enajenado enamoramiento se debiera tan solo a algo tan accidental como que ella fue la que acompañó ese primer día a su padre, durante la visita que le ofrecieron a los viñedos.

Beatriz debía de lucir muy hermosa montada en Luna, su negra yegua purasangre. Era tan buena amazona que había participado en bastantes competiciones, en las que sin discusión se había alzado siempre con el trofeo.

Mientras el abuelo Antonio le explicaba diversas cuestiones vitícolas, los ojos del forastero se quedaron detenidos en la belleza un tanto salvaje de aquella poderosa amazona. Beatriz permaneció ajena durante los primeros días al efecto devastador que provocó en aquel rico caballero. Incluso le confesó a Hortensia en más de una ocasión que le desagradaba profundamente su forma de mirarla y sus artificiosos ademanes, sin descubrir aún el alcance que aquello tendría en su vida.

Tampoco le gustó el absoluto desprecio que mostró hacia su padre en la primera cena que le ofrecieron, en la que, mientras el abuelo Antonio le explicaba los pormenores del proceso que seguíamos en la fermentación de nuestras uvas, él no dejaba de mirar con obscena gula a su hija mayor. Paladeaba con exageración los abundantes platos que se sirvieron esa noche, como si en realidad fuese a la tía Beatriz a la que degustara a cada bocado. Algo de razón había en ello, ya que su padre se la estaba sirviendo en bandeja.

Aunque lo que vino a hacer en nuestra casa se resolvió en pocos días, decidió permanecer en la ciudad por tiempo indefinido. Se hizo asiduo de todas las reuniones y fiestas a las que iban las señoritas Salvatierra, incluidas las muchas ocasiones de encuentro que se produjeron en nuestra casa.

Siempre permanecía en un segundo plano, observándolo todo, sin que por ello dejara de estar pendiente de ella, a la que no quitaba los ojos de encima en ningún momento. Pronto cambió su forma de actuar y comenzó a mostrarse tremendamente impertinente con todo aquel que intentara acercarse a la tía Beatriz. Sentía una especial aversión por los más jóvenes. Si alguno de ellos la saludaba o le pedía un baile, enseguida irrumpía en medio de los dos y sin apenas mediar palabra alguna, se acercaba al oído de su rival y le susurraba algo que Beatriz nunca llegó a oír, pero que producía un efecto inmediato en el adversario, cuya reacción siempre era la misma: desaparecer y no volver más por aquellos salones.

—¡Beatriz se casó con él por miedo y a mí me arruinó la vida! —le oí decir una noche a la tía Hortensia en la oscuridad del porche.

—¡No fue así! —respondió la tía Celia—. Fue nuestro padre el que acordó aquel matrimonio. Papá creyó que él nos ayudaría a salir de la ruina en la que estábamos cayendo, pero se equivocó porque a nuestro cuñado nunca le interesó pertenecer a la familia Salvatierra... ¡Tan solo le importaba ella, y en cuanto la hizo suya desapareció!

—¡Ese canalla acabó con nosotras dos! —exclamó Hortensia, con una energía desconocida en la voz.

Como afortunadamente ninguna de las dos se percató de mi presencia, acurrucada detrás de un seto, continué escuchando.

—¡No digas tonterías, Sita! —profirió la tía Celia con su soberbio tono de voz.

—¡No son tonterías! Mario ya había hablado conmigo varias veces y pensaba pedirle permiso a papá en cuanto tuviera ocasión. ¡Pero ese loco se creyó que pretendía a Beatriz en vez de a mí! —calló durante unos instantes, tras de los cuales continuó hablando de forma entrecortada—. Me lo dijo en una carta antes de embarcarse rumbo al otro lado del mundo. ¡Y yo no hice nada por impedírselo!... Nos educaron de una forma atroz. ¡Nunca debíamos de mostrar en público lo que sentíamos! ¡Aquella forzada impostura me ha hecho ser una infeliz toda mi vida!... ¿Sabes lo que sueño muchas veces?

Aunque la tía Celia no mostró ningún interés por saberlo, Hortensia continuó hablando, quizá para ella misma, sin imaginar que yo me moría de ganas de que no cesara de hacerlo en toda la noche.

—Sueño que estoy en un puerto donde hay atracados muchos barcos de gran tonelaje. La gente inunda el muelle y en las cubiertas se agolpan los viajeros agitando sombreros y pañuelos. Yo no lo veo en ningún momento pero sé que en uno de los barcos está Mario. Comienzan a empujarme porque estoy en medio de los que suben y bajan y no sé a qué barco he de ir. Grito su nombre desesperadamente, pero de mi garganta no brota ningún sonido. Es como si el grito se me colara para adentro y me asfixiara. Miro en todas direcciones. Mis ojos lo buscan y por fin lo localizo en la cubierta de uno de aquellos barcos. Lleva siempre un traje de lino crudo y un sombrero canotié que agita en su mano izquierda. Sonríe y parece muy feliz. El sueño se va volviendo cada vez más agradable, a medida que me acerco a la escalerilla de aquel barco. Todavía no la han retirado, por lo que hago un último esfuerzo por alcanzarla. Pero cuando tengo ya un pie en ella y mi mano sujeta el cable, observo que Mario no está solo: de su brazo va prendida una joven, que reposa la cabeza en su hombro. Ellos no me ven, ni yo quiero que me vean, porque la vergüenza que siento es tan grande que me suelo despertar en ese punto. Y ya no me vuelvo a dormir en toda la noche.

Quizá algún día me atreva a subir al barco... ¡Aunque para entonces sé que ya estaré muerta!

—¡Qué cosas se te ocurren, mujer, con la buena noche que hace! —concluyó su hermana sin mostrar la más mínima emoción por sus palabras.

Lentamente las dos mujeres se levantaron de sus mecedoras y se dirigieron hacia el interior de la casa.

Ocasiones como aquella no se daban a menudo. Así que me pasé varios días recreando en mi cabeza aquella fallida historia de amor que tanto parecía haber afectado a la pobre tía Hortensia.

X

Como mientras estuvo casada la tía Beatriz nunca nos visitó, tardé mucho en conocer a mi primo Miguel, al que todos en casa llamábamos Nené. Recuerdo que lo que más me sorprendió de él fue el suave acento de su voz. Solía contarme lo distinto que resultaba el paisaje mesetario para un muchacho acostumbrado a las playas atlánticas, a los desiertos volcánicos y al sol intenso y limpio de África. En nuestra casa tenía asignado su propio dormitorio, que era el mismo que había pertenecido a mi padre. En él permanecía un libro de Julio Verne que la tía Amalia le dedicó con su impecable caligrafía: *A mi sobrino Nené*, se podía leer en la segunda página.

Debía de tener unos tres años la única vez que la vio, por lo que no recordaba casi nada de ella, salvo un vestido de flores amarillas. Abrazado a una de sus piernas, se frotaba la cara con la delicada gasa de la falda, en una foto que conservaba la tía Beatriz sobre la cómoda de su dormitorio.

Ya que de los cinco hermanos Salvatierra tan solo descendíamos Miguel y yo, me hubiese gustado tenerlo mucho más cerca. Él era para mí lo más parecido a un hermano. Estoy convencida de que, si nos hubiésemos criado juntos, yo no le hubiese dado tantas vueltas en mi cabeza a los detalles que componían las vidas de los miembros de nuestra familia. Ni hubiese imaginado desenlaces tan truculentos ni desmedidos.

Cuando la tía Beatriz vino a vivir de nuevo con nosotros, Miguel estudiaba fuera del país, por lo que apenas si nos visitaba un par de veces al año. Más tarde, cuando ya era ingeniero, se hizo cargo de la importante y próspera hacienda que su padre le dejó al morir y sus visitas continuaron siendo muy escasas.

En las pocas ocasiones en las que coincidíamos, muchas veces estuve tentada de hacerle partícipe de mis sospechas sobre la muerte de Amalia, pero temía que me considerara una perfecta lunática. Para él, nuestra tía no era más que un vago recuerdo prendido a la dulce gasa de un vestido de flores amarillas.

Puede que el hecho de que yo me llamara también Amalia me hiciera estar más cerca de ella que los demás. En muchas ocasiones notaba cómo mis tías se recreaban nombrándome para, en realidad, evocarla a ella. Llevar su nombre fue quizá lo que me acercó a su recuerdo y lo que me hizo sentir su muerte como un asunto no resuelto, en el que yo debía de intervenir.

El mes de julio de aquel verano de mis dieciséis años iba transcurriendo lentamente hasta que Nené nos visitó unos días con su novia de entonces, una muchacha muy agradable, que creo recordar que se llamaba Ana.

A los dos se les notaba tan enamorados que las tías quisieron celebrar una fiesta de despedida. Esa tarde la tía Beatriz se ocupó de la cena, mientras que Celia y Hortensia se dedicaron a adornar el jardín con guirnaldas de luz y a colocar, sobre una preciosa mantelería —de las muchas que permanecían sin estrenar en las arcas de los ajuares— una de las vajillas de las grandes ocasiones, la de filos de plata, decorada con ramos de lilas blancas y malvas, que a mí tanto me gustaba.

Celia fue la primera en ponerse nerviosa, cuando después de que dieran las nueve la pareja aún no hubiera regresado de su paseo por el río. Miguel era el único de nosotros que no parecía sentir miedo de él. Por ello, en los días en los que más aprieta el calor solía bajar a bañarse en uno de los pocos remansos de aquellas revueltas aguas y por las tardes aprovechaba la hora oportuna para pescar desde la ribera, muy cerca de donde buscaron infructuosamente el cuerpo de la tía Amalia, sin hacer el menor caso, ni de su madre, ni de las tías, que le reconvenían constantemente por ello. A la que menos le gustaba esa costumbre de su sobrino era a la tía Celia.

—¡Ya verás como tu hijo algún día nos da un disgusto! —solía decirle a menudo a su hermana.

Pasaron unos interminables minutos en los que ninguno de nosotros era capaz de decir nada. El nerviosismo de la tía Celia llegó a tal extremo que el tío Eduardo decidió salir en su busca. La tía Hortensia acabó contagiándose y ahora era ella la que comenzaba a asomarse a la verja de entrada, con las manos fuertemente enlazadas a la altura de la frente.

—¡A los enamorados siempre se les olvida mirar el reloj! No es para tanto. ¡Ayudadme a traer los platos! —dijo la tía Beatriz, que era la única que parecía no estar preocupada.

—¡Cómo se nota que no estabas aquí! —le reprochó la tía Celia.

Sin decir nada, Beatriz abandonó el jardín en dirección a la cocina.

—¡No debiste hablarle así! —le dijo muy disgustada la tía Hortensia, antes de entrar en la casa siguiendo los pasos de su hermana.

La tía Celia y yo nos quedamos en silencio en medio de la serena y fresca fragancia del jardín, hasta que tras unos largos e interminables minutos Nené y su novia aparecieron acompañados del tío Eduardo, que se los había encontrado ya de camino a la casa.

Se les veía tan embelesados, que todos optaron por no hacerles ningún reproche.

La cena transcurrió serenamente, pero yo percibía un cierto malestar entre las tres hermanas. Sobre todo entre Celia y Beatriz, que no cruzaron palabra alguna, ni siquiera cuando en la sobremesa nos pusimos a recordar anécdotas familiares. Se mencionó de pasada a Amalia, ya que la novia de Nené se interesó por saber quién era la joven del retrato que reposaba sobre el piano.

Como aquella velada no prosperaba, no tardamos mucho en retirarnos.

Ana y yo compartíamos habitación. En realidad, era una simulación de cara a las tías porque todas las noches ella acababa durmiendo con Miguel. Pero hasta que no se las dejaba de oír por la casa, permanecía conmigo. Recuerdo que estaba en ese momento cepillándose el cabello cuando me lo soltó. De la impresión apenas si pude reaccionar. Lo primero que hice fue fingir que yo también lo sabía.

Una rabia tan furiosa se apoderó de mí que me costaba trabajo respirar. ¿Por qué tuvo que venir una extraña a decírmelo? Toda la vida con el cuento del resbalón y ahora resultaba que Amalia se había quitado la vida.

Nené golpeó la puerta. Esa era la señal convenida entre los dos. Ana salió a su encuentro y yo me dispuse a pasar de nuevo una noche de cavilaciones, mezclada con la vergüenza que me producía ser una boba que no se entera de nada.

XI

Cuando ya parecía que lo había olvidado, volvía a plantearme el enigma de su muerte. De golpe entendí por qué el tío Eduardo no quería mencionarla y también el que sus hermanas secretearan cuando la recordaban. ¡Qué difícil debió de ser para todos ellos soportar un vacío tan culpable como el que nos produce ese triste desenlace! Hasta llegué a entender los desprecios y la falta de cariño que siempre recibí del abuelo Antonio.

Ahora que lo sabía me alegraba de que el tío Eduardo y la tía Celia se hubiesen enamorado. Sin duda que era una forma de superar el desconcierto que les debió de infundir la muerte de Amalia.

Al pensar en ellos dos, recordé aquella escena que viví años atrás y de nuevo me asaltaron las mismas dudas de entonces.

¿Y si ellos ya se amaban y Amalia, al descubrirlo, tomó aquella inútil decisión?

Tumbada encima de las revueltas sábanas de mi cama, con los ojos abiertos de par en par y la ventana entornada para sentir la brisa fresca de la madrugada, me costaba trabajo entender que de nuevo yo estuviera dándole vueltas a ese manido asunto que me había suscitado tanta zozobra en mis primeros años.

A medida que se despertaba de nuevo en mí aquella vieja obsesión, me iba dando cuenta de que la morbosa inquietud que presidió toda mi infancia, en realidad ocultaba o distraía mi imaginación del verdadero problema que arrastro desde que tengo memoria. Ahora que me había hecho mayor comprendía que la muerte de Amalia y el misterio en el que la envolví escondía, en realidad, la muerte de mis padres y el vacío que me producía no saber absolutamente nada al respecto.

Como era costumbre en ellas, mis tías zanjaron las muchas preguntas que yo les quise hacer con la parquedad de una única y escueta respuesta.

Todo lo que supe se reducía a que mi padre, desoyendo al abuelo Antonio —que le llegó a suplicar de rodillas que no dejara nuestra hacienda—, se fue a un remoto país donde conoció a la que sería mi madre. De ella solo nos llegó su nombre. Se llamaba Ruth. Me tuvieron en un poblado perdido de la selva y a los pocos meses de mi nacimiento se estrellaron en la avioneta en la que llevaban medicamentos a una aldea del interior. En aquella fatídica ocasión no viajaron conmigo, porque pensaban regresar al campamento esa misma tarde.

De mi madre nadie sabía apenas nada, ni siquiera su origen. A menudo pensé que mis tías no habían puesto nada de su parte por saber de ella.

Muchas noches, acurrucada en la cama, cerraba con tanta fuerza los ojos que comenzaba a ver destellos de luces de colores. A partir de ahí, relajaba los párpados y comenzaba a imaginar cómo sería mi madre, de la que ni siquiera conservaba una sola fotografía. Tampoco sus apellidos, ni el timbre de su voz o el color de su cabello. Desconocía todos los matices de su persona. Me faltaba la expresión de su mirada, la textura de sus manos o el tamaño de sus pies. Quizá yo tuviera de ella rasgos, formas y colores que desconocía. No sé por qué siempre la imaginaba en medio de la lluvia, con el cabello mojado y pegado a las sienes. Su rostro, indefinido e impreciso, se me iba borrando envuelto en ráfagas de agua y no conseguía abrazarla por más que lo intentara. Mi madre se fundía poco a poco con la lluvia hasta borrárseme del todo, mientras me dejaba en todo el cuerpo una extremada sensación de frío.

Con mi padre era distinto. A él sí que lo había visto retratado desde niño. Y sé que en sus primeros años fue bastante travieso, por lo que la anterior tía Celia se llevó más de un disgusto al verlo subirse a los árboles de forma tan imprudente. También sé que al abuelo Antonio le irritaba que no quisiera ir con él a inspeccionar las tierras. En las escasas ocasiones en las que lo acompañaba, los dos regresaban de muy mal humor y no faltaba nunca una fuerte discusión entre ellos.

Muy distinto resultaba cuando era Celia la que acompañaba a su padre, porque desde muy joven tuvo un sexto sentido para entenderlo todo, desde los tipos de simiente más indicados para cada tierra, hasta el cariz que presentaba el grano de uva en su maduración, pasando por dar las respuestas apropiadas y siempre tajantes a aquellos jornaleros que, a su juicio, no sabían más que quejarse de todo y por todo. Era bien distinto verlos, a ella y al abuelo Antonio, regresar de sus inspecciones siempre satisfechos y cómplices.

Si no hubiese habido un heredero varón, sin duda que el abuelo Antonio le hubiese entregado la gestión de la hacienda a su hija Celia, pero estando mi padre, ese destino le correspondía a él y a nadie más en aquella casa de mujeres. Desgraciadamente para el abuelo Antonio, a mi padre esto era lo último que le apetecía hacer en su vida.

—¡Nunca se entendieron, ni se supieron decir las cosas! —me dijo en una ocasión la tía Beatriz.

El abuelo Antonio tuvo siempre la esperanza de que el tiempo le hiciera madurar. Y cuando mi padre cumplió veinticuatro años pensó que era ya el momento de dejar en sus manos algunas tareas. Lo citó en su despacho la tarde de su cumpleaños, pero antes de que pudiera decir una sola de las solemnes palabras que tenía preparadas para tan decisivo momento, mi padre le expuso brevemente sus intenciones, que pasaban por irse muy lejos de allí.

Aquello supuso para él una durísima decepción, ya que nunca aceptó que su único hijo abandonara el bienestar del hogar y los compromisos que debía contraer con nuestra familia, para irse a un lugar tan incierto y además —y eso era lo que más le desesperaba— sin que le moviera ningún afán económico o comercial, sino tan solo humanitario.

—¡Dices que te necesitan los demás y te olvidas de atender a los tuyos! ¡Eres un loco desagradecido! ¡Si sales de esta casa, no vuelvas por aquí... porque para mí ya estás muerto! —tras pronunciar esas durísimas palabras, abandonó la sala.

No se volverían a ver nunca más. No hubo que esperar a la muerte de mi padre para que el abuelo Antonio cambiara su carácter, porque a partir de aquel día se hundió de tal modo que comenzó a mostrarse tan huraño y hosco como yo lo conocí.

¿Por qué se iría mi padre a aquel perdido lugar? Esa era una pregunta que muchas veces me hice. Y la verdad es que nunca encontré la respuesta. Quizá estuviera huyendo de su destino de hacendado rico. Quizá él y mi madre eran unos idealistas, dos jóvenes acomodados en crisis con su mundo. O quizá no eran más que dos snobs, a los que sorprendió la muerte en pleno gesto de estudiada rebeldía.

Nunca lo supe, solo podía especular con ello y la verdad es que ahora comenzaba a cansarme de tener que hacerlo con todo lo que me rodeaba. En mí no ha habido nunca recuerdos lo suficientemente sólidos como para que conformaran mi origen y me condujeran serenamente a mi destino. Constantemente me sentía fuera de lugar, como si mis pies no rozaran la tierra que pisaba y mis manos fueran incapaces de tocar lo que me rodeaba.

En el internado yo había sido Amalia Salvatierra. No tenía más que ese sonoro apellido al que se conocía en toda la región. Era una Salvatierra y todas aquellas inmensas tierras, aunque ya no nos pertenecían, seguían siendo conocidas por nuestro nombre. Esa identidad me salvó del desamparo, cuando las otras niñas recibían cartas y visitas de sus padres, con los que se reunían en vacaciones. Aunque todas sabían que yo era doblemente huérfana, no me libraba de las preguntas de rigor. Al principio no decía nada y mi silencio se entendía como nacido del dolor que me producía hablar de ello. Pero recuerdo que cuando cumplí catorce años me cansé de callar ante las demás y me inventé una historia, cada vez más adornada y sentimental. Llegué a tal extremo que de todos los padres, los míos eran los que más impresionaban en el internado. Quizá se debiera a la romántica manera que tuvieron de conocerse cuando ella se tropezó hasta en tres ocasiones con un apuesto joven por las calles de París. O quizá, ya que estábamos en una institución religiosa en la que se nos hablaba continuamente de practicar el bien desinteresadamente, el hecho de que mis padres hubiesen muerto cuando llevaban medicamentos a un poblado perdido de la selva, les hacía ser para muchas de aquellas niñas —contagiadas en exceso del ñoño sentimentalismo monjil— unos auténticos mártires.

En mis apasionados relatos hice a mi madre francesa, concretamente parisina. Su apellido era Senna, como el río: Ruth Senna.

Sin duda alguna sonaba bastante bien.

XII

Tras la partida de Nené la casa volvió a la tranquilidad de aquel verano en el que parecía no ocurrir nada.

El tío Eduardo se entretenía dando largos paseos por el campo y leyendo en el jardín. Beatriz bordaba, Hortensia cocinaba y Celia ejercía, como siempre, de gobernanta. Yo solía colaborar con las tres para aprender todas aquellas destrezas, tan útiles —según me decían— para mi futuro doméstico.

Aproveché el momento en el que ayudaba a la tía Beatriz a tensar el bastidor para hacerle saber lo que me había contado la novia de Nené.

De la impresión que le produjo oírme se pellizcó el dedo con una de las clavijas.

—¡Mi hijo no sabe guardar un secreto!

Aquel comentario me enfadó aún más y no pude por menos que recriminarle el que hubiesen hecho de la verdad un secreto del que yo me enteraba por alguien que todavía no pertenecía a nuestra familia.

—¡Te lo pensábamos decir más adelante! Como no es algo muy aleccionador nos pareció que una niña no debía saberlo —concluyó la tía Beatriz, que nunca parecía encontrar ningún problema insalvable.

Aunque se notaba que no quería darme detalles, yo se los pedí. En realidad no fue mucho lo que me explicó, entre otras cosas porque ella no se encontraba aquí cuando todo sucedió. Se limitó a repetir lo que le habían contado a ella. Recuerdo que me llamó mucho la atención un comentario que hizo de pasada. Venía a ser algo así como que nunca le pareció acertada aquella boda.

La dejé preparando los hilos y me fui a la cocina. Era la hora en la que debía ayudar a Hortensia. El delicioso olor que salía de aquellas ollas me reconfortó. No era conveniente dejar pasar el tiempo. Quise sorprenderlas a las tres antes de que se pusieran de acuerdo acerca de lo que debían contarme. Si me habían ocultado la verdad hasta ahora por qué no podían seguir intentándolo de nuevo.

Le pregunté lo mismo que a Beatriz y le pedí, al igual que a ella, explicaciones. Su reacción no fue muy distinta a la de su hermana. No se alteró lo más mínimo y comenzó a hablar lentamente, al ritmo con el que removía con una cuchara de palo una de aquellas cazuelas. Me dio la sensación de que para las dos suponía una especie de alivio el poder compartir conmigo aquella triste verdad que tanto dolor les causaba. Me desveló aspectos de Amalia que nunca hubiera imaginado. Por lo visto era una niña tan frágil y enfermiza que todos temieron que no saliera adelante.

—Fue siempre triste y melancólica. Podía pasarse días enteros sin cruzar palabra con nadie. En realidad nunca fue al internado, sino que estuvo ingresada en un sanatorio de enfermedades mentales.

Intenté disimular la sorpresa que se debió reflejar en mi rostro al oír esta sorprendente revelación. Afortunadamente la tía Hortensia siguió hablando, y por sus palabras pude saber muchos detalles que me ayudarían quizá, con el tiempo, a resolver aquel enigma.

El abuelo Antonio la mandó a una clínica situada en el sur de Francia e hizo que Celia la acompañase. Para las amistades, e incluso para el resto de la familia, se dijo que las dos estudiaban en el extranjero. Y no era del todo falso porque Celia aprovechó el tiempo asistiendo a las clases del liceo de aquella localidad. A su regreso, las dos hablaban perfectamente francés. Y Amalia amplió notablemente su dominio del piano, gracias a la terapia que diseñó para ella un joven médico. La música obró el milagro de que aquella quebradiza muchacha recuperara las ganas de vivir y dejara de sentirse culpable de haber provocado la muerte de su madre.

La presencia de nuevo de las dos hermanas trajo a nuestra casa una alegría inesperada.

Al llegar a este punto, Hortensia comenzó a tararear una de las melodías que sonaba a todas horas en el piano, a través de las dulces manos de Amalia.

Todos creyeron que estaba completamente recuperada. Pero la llegada del otoño trajo una severa recaída, que coincidió, no solo con la estación, sino también con la muerte de Zarco, el viejo pastor que el abuelo Antonio le había regalado a su hija pequeña en su décimo cumpleaños.

Para finales de octubre, cuando los días se acortan terriblemente, Amalia dejó de tocar y la casa enmudeció de nuevo. Viéndola encerrada en su cuarto a todas horas, ninguno sabía qué hacer. Nuestro médico les advirtió de que la locura parecía estar detrás de aquellos síntomas. Alarmada, la tía Celia envió un telegrama al joven doctor que la había atendido en el hospital francés. A los pocos días apareció en la estación un impecable joven, elegante y gallardo: era el tío Eduardo.

En seguida aquel amable médico obró el milagro de que Amalia sonriera de nuevo. El piano volvía a sonar, mientras Celia y Hortensia entretenían las tardes conversando con él. Aunque, como el francés de Celia era mejor que el de su hermana, inevitablemente la charla acababa siendo la de ellos dos.

Habían pasado casi tres meses y el doctor Binoche debía regresar a su hospital, pero nadie en la casa quería que se marchara.

Todos lo necesitaban, aunque por motivos bien distintos.

Para el abuelo Antonio, gracias a él su hija había recuperado el ánimo. Mientras que para Celia y Amalia el asunto se había vuelto más complicado, porque —según me reveló la tía Hortensia— las dos estaban perdidamente enamoradas de él.

—¡Comprendí que nada bueno traería aquello! —exclamó susurrando.

Nuestra conversación cesó al entrar en la cocina la tía Celia. Poco faltó para que nos descubriera. Hortensia disimuló con maestría y yo aproveché para ofrecerme a ayudarla con una cesta de ropa de mesa que debía de ser colocada en el aparador del comedor.

Mientras guardábamos aquellas delicadísimas mantelerías en un orden meticulosamente estudiado, me atreví a preguntarle lo mismo que a sus hermanas.

Tardó mucho en hablar. Esperó a guardar la última servilleta y se sentó en una de las sillas que rodeaban a aquella imponente mesa de roble donde almorzábamos y cenábamos diariamente. Yo la imité y me senté a su lado.

—Amalia era distinta a todas nosotras. Estaba indefensa y perdida. Creo que se sintió siempre huérfana. Ni el abuelo, ni nosotras, que éramos como sus madres, pudimos darle la seguridad que necesitaba. Los médicos saben que hay criaturas especialmente sensibles, personas que no saben reaccionar ante los más pequeños contratiempos, porque todo les sobrecoge y angustia. Amalia era una de esas personas, incapaces de soportar la vida.

Lentamente se levantó. Colocó bien la silla y ordenó el tapete de la mesa, con cuyo fleco había jugado distraídamente. Al verla alejarse y desaparecer entendí que, a diferencia de sus hermanas, ella no estaba dispuesta a contarme nada más. Pero aquellas palabras resonaban en mi cabeza y lo siguieron haciendo durante el resto del verano.

Quizá, porque me sentía tan desoladamente huérfana como Amalia, yo tampoco fuera capaz de soportar una vida como la mía, rodeada de mentiras y silencios.

XIII

A la hora de la siesta me refugié en mi cuarto con el deseo de poner en orden todo lo que me habían dicho mis tías aquella mañana. Nunca antes había recibido por parte de ellas tanta información en tan breve espacio de tiempo.

De todo lo que escuché, sin duda que el dato más sobresaliente era el de que, siempre según la versión de Hortensia, sus hermanas se habían enamorado perdidamente del mismo hombre. Aunque lo que no alcanzó a decirme era a cuál de las dos amaba él.

Si era cierto lo que ella pensaba, ese detalle no era circunstancial ni mucho menos, ya que de ello dependía, entre otras cosas, que la tía Amalia hubiese sido asesinada o no.

La primera opción era la más plausible: el joven médico acabó seducido por su frágil y hermosa paciente. En cuyo caso a Celia le hubiese tocado perder.

Otra opción nos presentaría a Celia y a Eduardo enamorados, quizá ya desde antes de la llegada de él a nuestra casa. De ser así, no cabe duda de que les habría preocupado la reacción de Amalia cuando se viera rechazada. De modo que ninguno de los dos pretendería conducirla a una crisis emocional, cuyas consecuencias, ni siquiera él se atrevería a prever como médico. Ante esto, los dos resolverían sacrificar su amor. O quizá no sacrificaron nada y aunque se casara con Amalia, en realidad, seguiría manteniendo una relación secreta con Celia.

Esta hipótesis justificaba el suicidio de la esposa, una vez que se viera traicionada por las dos personas en las que más había confiado. Aunque esta suposición acarreaba también la posibilidad de su asesinato a manos de los dos amantes, cansados quizá de tener que silenciar su amor. Puede que incluso no actuaran juntos, sino que acabara con su vida uno de los dos y el otro, hasta la fecha de hoy, no supiera nada del asunto.

Me detuve en este punto al imaginar la escena en la que Amalia conversaría con su esposo de forma acalorada. Él, en un principio, lo negaría. Acostumbrado como estaba a tutelar las emociones de su esposa. Se limitaría a decirle que era una exagerada y que no tenía derecho a pensar así de alguien como Celia y menos aún de él, que le había demostrado siempre un amor incondicional y en extremo generoso. Pasaría a recordarle cómo abandonó su país por venir a cuidar de ella y por último, le mostraría su profunda decepción por el trato que estaban recibiendo los dos. Incluso, podría haber llegado a insinuar una velada amenaza, quizá la de que, de seguir imaginando semejante despropósito, estaría mejor en un centro hospitalario.

La contundencia de los argumentos empleados, seguramente, dejaría a Amalia en un primer momento confusa, e incluso le haría sentirse culpable de sus infundadas sospechas; o quizá temerosa de verse de nuevo con una camisa de fuerza amarrada a su cuerpo. Pero más tarde, ya no tendría ninguna duda. Pudo incluso sorprenderlos en la ribera del río, tendidos el uno sobre el otro, enredados en una pasión que ella no había conocido en los brazos de su esposo, y huyera de allí desesperadamente, sin juicio alguno. Su agitación, quizá, no le hiciera ver lo resbaladizo del terreno y realmente se tratara de un accidente. Como puede también que no encontrara otra salida que adentrarse en aquellas rebeldes aguas y acabar definitivamente con su difícil existencia.

Y todavía quedaba otra posibilidad más. Aunque era la menos probable, no por ello había de descartarla: ¿Y si Eduardo no las amase a ninguna de las dos y se limitara tan solo a ser cortés con ellas? En ese caso puede que se viera forzado a contraer matrimonio con Amalia, tal vez por la insistencia con la que Celia emplearía el argumento del daño que tamaña desilusión podía provocar en su delicada hermana. Aunque en realidad lo que pretendiera fuera retener a toda costa a su lado al hombre al que amaba. Siendo así, no le salió del todo mal la jugada, puesto que con el paso del tiempo consiguió convertirlo en su amante.

Llegada a este punto no podía aceptar que todos admitieran que Amalia se quitó la vida, cuando en realidad era muy probable que se la quitaran. Así se explicaba sin duda muy bien esa insistencia en presentarla como una desequilibrada. ¡A más de uno puede que le interesara que así lo pensáramos!

No sé por qué de los tres desenlaces, el que más me costaba siempre aceptar era el del suicidio. No me basaba en ningún argumento, pista o conclusión, se trataba de algo más irracional e intuitivo. No lo sabría explicar, ni mucho menos justificar, pero si algo tenía claro en todo este rompecabezas, era que la tía Amalia no había actuado de ese modo.

Ya eran más de las seis de la tarde cuando regresé de nuevo al punto de partida de mi particular investigación criminal. Antes de bajar a reunirme con mis tías en el porche, donde me estarían esperando para servir la merienda, me di cuenta de que, al cerrar la puerta de mi habitación, dejaba dentro los tres desenlaces intactos, a la espera de descubrir cuál de ellos era el verdadero.

XIV

Teniendo en cuenta que Beatriz no estaba aquí cuando sucedieron los hechos y que Celia se mantendría en silencio, debía insistir de nuevo con Hortensia para recabar más datos, más detalles que me ayudaran a dar con la verdadera causa de aquella muerte que llevaba obsesionándome desde que era una niña. En dos semanas me tendría que ir de allí y no quería llevarme en el equipaje todas las dudas y preguntas que me asaltaban. Estuve pendiente de que se dieran las circunstancias oportunas para retomar mi interrumpida conversación con la tía Hortensia. Pero en los días siguientes apenas si pude desprenderme de la atenta mirada de la tía Celia, que parecía querer evitar a toda costa que yo me quedara a solas con alguna de sus hermanas, sobre todo con Hortensia. A pesar de todo su empeño, no pudo evitar que tuviera que ayudarla en la elaboración de su deliciosa mermelada de pera.

Como se trataba de un proceso lento y muy laborioso, sabía que las dos pasaríamos buena parte de la mañana ocupadas en la cocina. Cuando intenté hacerle la primera de las muchas preguntas que tenía preparadas, ella me confesó que no tenía respuesta para ninguna de ellas porque, desafortunadamente, no se encontraba aquí cuando todo sucedió. Llevaba casi medio año en la capital, encargándose de acompañar y cuidar a la anterior tía Celia, a la que sus muchos años tenían en un estado muy delicado.

—Fueron Eduardo y Celia los que se ocuparon de todo. ¡Si no llega a ser por ellos qué hubiese sido del abuelo! —exclamó amargamente.

No pude más. Me alejé de la cocina y me dirigí al jardín como una sonámbula. Al llegar a la sombra de aquel majestuoso manzano que siempre me servía de refugio, me derrumbé, cerré los ojos e intenté no pensar en nada.

Después de escuchar las palabras de Hortensia, no me cupo la menor duda de que Celia y Eduardo estaban más que implicados en aquella muerte. Aunque solo fuera por el hecho de que se hallaban completamente solos en la casa, si exceptuamos al abuelo Antonio. Un vértigo me recorrió por la espalda al pensar que, si la hubiesen necesitado, Eduardo y Celia habrían gozado de una total impunidad. De golpe recordé una de las frases que pronunció la tía Hortensia y regresé de inmediato a la cocina.

—¡Anda que desaparecer cuando más te necesitaba! ¿Adónde te has ido con tanta prisa? —me reprochó en cuanto me vio entrar.

Mientras la ayudaba a colocar los botes de cristal en la mesa, le hice una pregunta decisiva.

—¿A qué te referías con eso de que los tíos se ocuparon de todo?

Por primera vez vi en su cara una cierta incomodidad, como si sospechara de mis intenciones o temiera la reacción de Celia, si se enteraba de que yo había estado indagando en el tabú familiar. Refunfuñó antes de decirme que no siguiera con ese tema, que no iba a ninguna parte. Y me volvió a repetir lo de que las cosas había que dejarlas estar. Afortunadamente, al final de aquella incómoda perorata dio respuesta a mi curiosidad, al confirmarme lo que yo a esas alturas ya sospechaba. El tío Eduardo fue el que dio el aviso de su desaparición y aclaró que había visto a su mujer por última vez paseando a las orillas del río. En los días posteriores participó muy activamente en la búsqueda de su cuerpo. Fue también el que informó a los investigadores del estado mental de su esposa. Para ello aportó todo tipo de informes clínicos, que avalaron sobradamente su declaración. Se mostró tan convincente en su papel de desolado esposo que lo ha intentado todo, que nadie pudo sospechar de él.

Como el río estaba en plena crecida y en ese tramo el agua bajaba con una fuerza desmesurada, al sexto día de búsqueda se dio por concluida la investigación.

En el expediente policial figuraba como un caso de *desaparición por muerte voluntaria en el río*.

—¡Pobrecillos, lo mal que se debieron de sentir sin ninguna ayuda, los dos solos! —no pudo seguir hablando porque se le llenaron de lágrimas los ojos.

Aunque lamenté mucho el mal rato que le había hecho pasar a mi ingenua tía, ahora ya no me cabía la menor duda de que, fuera cual fuera el desenlace de Amalia, en él habían participado activamente tanto Eduardo como Celia.

XV

Cuando me encontraba inmersa en aquel rompecabezas, una fuerte tormenta me haría penetrar, aún más, en aquellos oscuros y dolorosos secretos familiares, ya que el viento y la lluvia levantaron una parte del tejado de la casa y hubo que llamar con urgencia a unos albañiles. En cuanto aquellos hombres aparecieron con sus andamios y herramientas, la tía Celia, como era de esperar, se dispuso a ejercer las labores de rigurosa capataz de obra.

Mis tías habían hecho del desván un lugar bien aseado y perfectamente organizado, que regularmente se limpiaba y ventilaba, en el que no había arrumbados trastos viejos. El escrupuloso orden de aquel espacio permitió desalojar con facilidad la parte afectada por el agua. De ella se bajaron hasta el vestíbulo de la segunda planta, tres arcones grandes de madera de roble y un elegante armario de puertas de espejo, que según supe había pertenecido a la madre del abuelo Antonio. El agua había hinchado la madera y hubo que abrirlos para revisar el estado en el que se encontraba todo lo que contenían. A la tía Celia no le hizo mucha gracia que yo metiera las narices en aquella mudanza, pero no tuvo más remedio que aceptar mi solícito ofrecimiento de ayudar a la tía Beatriz, que era la encargada de llevar a cabo aquella revisión.

Al abrirlo, del armario de la bisabuela Beatriz me llegó un leve aroma a canela. Allí dentro se encontraban sus estolas y abrigos de piel; unos cuantos sombreros de formas imposibles, ajados por el tiempo, y su vestido de novia, de raso color marfil, cuello de tirilla y mangas de encaje. Descubrí que calzaba un pie muy pequeño por los varios pares de botines que salieron de un cajón. La recia madera de roble impidió que nada de lo que contenía aquel armario se mojara. Todo estaba intacto. Los guantes, doblados perfectamente, conservaban aún la forma de sus manos, también pequeñas y tal vez delicadas.

Para mi desgracia nada más hallamos allí dentro. Tan solo el aroma a canela de la anterior Beatriz y las huellas de su cuerpo instaladas en las arrugas y pliegues de sus ropas. Nada más.

Mientras colocábamos de nuevo todas aquellas prendas en su interior, mi tía recordó algunos detalles de su vida.

Se llamaba Beatrice Fogassaro y el anterior abuelo Antonio la conoció durante una visita a unas bodegas del norte, con las que pretendía establecer unas relaciones comerciales, que finalmente no se llevaron a cabo, pero que sirvieron para que conociera a la hija de uno de los socios.

Renzo Fogassaro acababa de llegar con toda su familia desde la ciudad toscana de San Gimignano. La mayor de sus hijas era Beatrice. Debía de tener entonces unos veinte años. Era bastante tímida y no se sentía muy a gusto en nuestro país.

Al escucharla comprendí que en ella actuaba el mismo efecto que en mí, con respecto a la tía Amalia. Sin duda que el hecho de llevar su nombre le hacía sentirse más unida a su abuela de lo que pudieran estarlo el resto de sus hermanas.

Las dos compartíamos algo más que un nombre. En su caso, el matrimonio también la alejó de su familia y la llevó a un lugar para ella desconocido y extraño. En el mío, esa doble orfandad que me tenía desarmada por completo.

Mi tía continuó rescatando de sus recuerdos la imagen de nuestra antepasada.

—Iba siempre vestida de negro y llevaba un delicado camafeo de nácar prendido del alto cuello de su blusa. De niñas, a Hortensia y a mí, nos llamaba mucho la atención su blanquísimo y largo cabello, trenzado a modo de diadema por encima de la frente, que contrastaba con unos largos pendientes de azabache que pendían de sus acartonadas orejas. Los ojos, a pesar de que no dirigían la mirada hacia ningún punto en concreto, conservaban un intensísimo color azul, que ninguna de nosotras hemos heredado. Tenía la costumbre de llevar mitones de encaje, para evitar que se apreciara el deterioro de las articulaciones de sus arrugadas manos.

—¿Y aquí fue feliz? —me atreví a preguntarle.

Sin disimular la sorpresa que le produjo mi pregunta, permaneció callada unos instantes antes de responderme.

—Seguramente no, porque es muy probable que se casara con tu bisabuelo sin estar enamorada. Entonces nadie pensaba en el amor, tan solo en el matrimonio.

Algo, no recuerdo el qué, interrumpió nuestra charla. En el aire percibí tenuemente ese olor a canela que aún permanecía en el ambiente.

No dejé de pensar esa tarde en las dos Beatrices y en sus arrogantes maridos, prepotentes y desconsiderados a la hora de atender a las tibiezas que el amor propone.

Como sabía lo desdichada que la tía Beatriz había sido, me dio por extenderlo también a nuestra antepasada. Y en mi imaginación compuse su historia desde la soledad y el vacío que debe producir un matrimonio desgraciado.

Quizá, por el efecto que tuvo en ella nuestra conversación, aquella noche se presentó en la cena luciendo el camafeo de aquella frágil viejecita de azulísima mirada.

—¿Por qué te has puesto esa reliquia? —le preguntó sorprendida la tía Celia.

La tía Beatriz no contestó a su hermana. Tras intercambiar una mirada cómplice conmigo, agachó la cabeza, mientras desdoblaba la servilleta en su regazo.

No sé si compadecer o admirar a las personas que hacen ese alarde manifiesto de insensibilidad y desprecio por los detalles que a otros emocionan.

¿Será verdad que no tienen corazón o por el contrario se protegen, tras esa desvergonzada rudeza, de su propia y desmedida hiperestesia?

Con la tía Celia no lo supe nunca. Ella representó para mí el mayor de los enigmas, el que más dolor y sorpresa me produjo al serme desvelado.

Por entonces yo aún no sabía hasta qué punto el relato de mi vida estaba en sus manos.

XVI

Durante los días siguientes nuestra casa fue tomada por ruidosos albañiles, que subían y bajaban la escalera principal incesantemente. La tía Hortensia y las dos muchachas del servicio estaban muy ocupadas en la vigilancia de aquella escalera, pues de ellas dependía que esos hombres, en sus idas y venidas, no mancharan las paredes ni rayaran las maderas del suelo. Entre Celia y ella se habían repartido el control de la obra. Por su parte el tío Eduardo aprovechó la circunstancia para pasar unos días en la capital, invitado por unos colegas, y la tía Beatriz y yo nos dedicamos a continuar revisando el contenido de los baúles.

En el más grande se guardaban trajes. Al abrirlo, me volvió a asaltar el sutil aroma a canela que se respiraba dentro del armario. Inspeccionamos con mucho cuidado todas aquellas ropas, casi todas de mujer.

—¡No sé por qué guardamos todo esto! Mejor sería que lo diéramos a la caridad —exclamó la tía Beatriz, mientras comprobábamos que nada de lo que contenía se había visto afectado por el agua.

Nada más levantar su tapa, descubrimos por qué el segundo baúl era el más pesado de los tres: estaba lleno de libros. Se trataba de novelas juveniles y de aventuras, que habían pertenecido a mis tías. Al verlas, la tía Beatriz esbozó una leve sonrisa, quizá al recordar aquellos años en los que era una bella amazona llena de sueños.

—¡Cómo le gustaban a Hortensia estas historias tan sentimentales! Casi todos estos libros son suyos. Se pasaba las horas muertas leyendo —señaló con cierto aire de nostalgia. Al ver mi interés, me propuso que escogiera algunos de ellos.

—¡Échales un vistazo mientras voy a ver qué están haciendo las muchachas en la cocina! —me dijo.

¡Ojalá ella no se hubiese marchado, porque de ese modo yo no hubiese rebuscado dentro de aquel baúl! Las consecuencias de mi curiosidad serían determinantes en mi vida. Pero quizá es absurdo que me lamente, cuando desde siempre había querido conocer la verdad, por encima de todo. Aunque por entonces, yo no sabía el daño que esta a veces puede causarnos.

Tras las primeras capas, en las que se apilaban aquellas novelitas, descubrí un auténtico tesoro. Ante mi incrédula mirada se amontonaban una serie de cartas y revueltos papeles, con los que —pensé al instante— quizá se pudiera reconstruir la historia de mi familia.

Descubrí dos mazos de cartas envueltos en cintas de raso de distintos colores. Uno de aquellos atados pertenecía sin duda a Amalia porque su nombre ilustraba la primera página con letras muy decoradas y en el segundo mazó se repetía la firma amplia y clara de Beatriz. Atadas con una cinta de raso granate que llevaban en una etiqueta el nombre de Celia y la fecha de sus quince años, se hallaban también una docena de delgadas novelas románticas. Lo demás eran papeles enredados unos con otros, sin orden ni concierto.

Me lancé a rebuscar entre el revoltijo de papeles que se acumulaba en el fondo, por si encontraba alguna carta de mi padre. Tan solo descubrí, entre varias cartillas escolares, mapas dibujados a mano y poemas adornados con dibujos de flores y pájaros, una postal fechada en la época en la que abandonó definitivamente nuestra casa, que llevaba su firma. En ella se veía una calle flanqueada por altos edificios de una ciudad desconocida para mí. Iba dirigida a su hermana Amalia:

Debes creerme cuando digo que lo siento. ¡Por tu bien no sigas ahí ni un minuto más!

—¿Por qué le pide perdón, al tiempo que la insta a que abandone Salvatierra? —me pregunté desconcertada.

Teniendo en cuenta que Amalia por aquellas fechas acababa de regresar del sanatorio, no parecía muy prudente darle semejante consejo. A no ser que quizá ella no estuviera tan mal como me habían hecho creer y su aparente enfermedad mental fuera tan solo un despreciable pretexto para impedir que actuara libremente.

Aproveché la providencial circunstancia de que a mis tías se las oía en el piso de abajo acordar la hora del almuerzo, para trasladar aquel inesperado botín a mi dormitorio.

Cuando a los pocos minutos regresó la tía Beatriz, me encontró hojeando distraídamente aquellas novelitas.

—Quédate con las que quieras. ¡Llevan en ese arcón tantos años sin que nadie las lea! —me dijo cuando se disponía a cerrar la tapa.

Apresuradamente me hice con las que llevaban escrito el nombre de Celia. No me parecían una lectura muy interesante, pero tuve que disimular. No sé muy bien lo que le dije, porque estaba todavía aturdida por lo que acababa de hacer y bastante impaciente ante lo que pudiera descubrir en aquellas cartas.

Lo importante era que mis tías, sobre todo la feroz Celia, no se dieran cuenta.

XVII

Tras la cena me vi obligada a jugar una larga partida. Al no estar el tío Eduardo tuve que sustituirlo. Recuerdo la extraña complicidad que el juego me procuró con la tía Celia. Cada vez que me desprendía de una carta sentía que me dominaba a través de su aviesa mirada. A veces sonreía satisfecha por mi decisión y otras me dejaba helada con la dureza de su reprobador gesto. Pensé que el tío Eduardo debía de sentirse así de intimidado no solo durante la partida, sino en el diario transcurrir de su vida. Una vida de la que Celia parecía ser la absoluta dueña y señora.

Por fin llegó el momento de encontrarme a solas en mi cuarto con aquella correspondencia que tanto deseaba leer.

Tras deshacer el nudo de uno de los dos atados, allí estaban una veintena de cartas que Beatriz fue escribiendo a sus hermanas desde la isla de su matrimonio. La soledad parecía presidir sus días al lado de aquel oscuro marido al que los celos devoraban de tal modo, que hizo de ella una prisionera.

En la segunda y tercera carta les hacía saber que cada día tenía más miedo de su esposo, porque las amenazas con las que pretendía doblegarla fueron, poco a poco, volviéndose más disparatadas y violentas.

En la quinta les confesaba que él dormía con un revólver de cachas de nácar, con el que decía estar dispuesto a quitarse la vida después de matarla, si descubría que le traicionaba.

En la hacienda también vivían las dos hermanas de su marido, que en absoluto contribuían a que este abandonara sus obsesivos celos. Por el contrario, esas dos mujeres sentían tal aversión por la tía Beatriz que llenaban la hambrienta imaginación de su hermano de infundadas sospechas y dudas, que casi siempre acababan traducidas por parte de él en amenazas, pistola en mano.

Más adelante, incluso llega a confesarles que preferiría que todo terminase de una vez por todas.

En otra ocasión dice sentirse tan desconcertada que se aventura a afirmar que puede que todo sea fruto de su imaginación, y concluye preguntándose si quizá no sea ella la enferma.

Sin embargo, otras veces se muestra bastante feliz y les habla exclusivamente de su hijo. Les cuenta lo bien que se cría, lo lindo que es y las gracias que hace.

Hay una muy escueta, en la que parece que escribe al dictado. Se disculpa por no poder visitarlas, a pesar de las ganas que tenía de que conocieran al pequeño Nené, y las emplaza para un indefinido «más adelante», que suena bastante incierto.

En una de las últimas les comunica que lleva más de un mes en cama, aquejada de fiebre alta y mareos. Lo que más lamenta es no poder ocuparse de su hijo, al que cuidan sus cuñadas: «Nadie parece necesitarme aquí, ni siquiera el pequeño Nené, del que se encargan sus tías. ¡Ahora tiene dos madres!».

La última carta no la escribe ella, sino que la envía el secretario de su marido. En ella se informa a la familia de que doña Beatriz necesitará descanso y cuidados, después de que a su marido lo detuvieran por disparar contra dos de los mozos de cuadra, el día en el que pensó que alguno de ellos era el amante de su esposa. Según se decía más adelante, uno de los mozos murió y el otro quedó para siempre paralizado en una cama de hospital. La noticia apareció en todos los periódicos del país, pero en ella se aludía al ataque que había recibido un rico terrateniente insular por parte de unos servidores descontentos. El marido de la tía Beatriz era un hombre muy poderoso y los hombres muy poderosos saben perfectamente cómo evitar la exhibición pública de sus errores.

Aconsejada por los médicos que atendieron a su marido tras el dramático incidente en el que también él resultó gravemente herido, la tía Beatriz zarpó en cuanto la policía le permitió abandonar la isla. Necesitaba alejarse de aquel horror, al menos mientras él permaneciera ingresado. Se trajo consigo a su hijo y en nuestra casa estuvieron los dos varios meses. De esa época es la foto en la que se ve a Nené agarrado al vestido de la tía Amalia.

—¡Pobrecilla, no hacía más que llorar! Por las noches se despertaba aterrorizada —me confesaría la tía Hortensia mucho después de que yo hubiese leído las misivas de su hermana.

Una vez recuperado de sus heridas, aquel perturbado marido se presentó en Salvatierra. Pidió al chófer que mantuviera el motor en marcha, mientras subía con resolución hasta el primer piso. Una vez en él, recorrió casi sin aliento el corredor principal hasta llegar a la puerta del dormitorio de la tía Beatriz. Giró bruscamente el manillar y descubrió a su esposa retocándose en el espejo, alertada sin duda por el ruido del motor, que seguía rugiendo en la entrada principal.

—¡Date prisa, el barco zarpa dentro de dos días! —fue lo único que le dijo.

Según la tía Hortensia, desde el mismo día en que llegó ya sabía que tendría que regresar, porque su esposo nunca le permitiría quedarse con su hijo, en el caso de que se decidiera a abandonarlo.

Me imagino lo que debió de ser para ella aquel viaje de regreso. De nuevo las amenazas, la pistola y la obsesión permanente de su supuesta infidelidad. Para evitar una afrenta que pusiera en peligro a cualquier desconocido con el que se cruzase, la tía Beatriz no salió del camarote durante toda la travesía. Y al llegar a la hacienda tampoco abandonó nunca más sus habitaciones, hasta el día en el que reunió las fuerzas suficientes para hacer lo que llevaba años anhelando. Esperó para ello a que Miguel cumpliera doce años y se marchara a estudiar al extranjero porque, desde ese día, su marido ya no podría separarla de él. Fue entonces cuando regresó definitivamente a Salvatierra.

—No me llevé nada de aquella casa. Me hubiese gustado salir desnuda y descalza para demostrarle el más absoluto de los desprecios —me diría años más tarde.

XVIII

Las cartas de Amalia resultaron ser en realidad una especie de diario que ella comenzó a redactar durante su estancia en el sanatorio. Según explica al principio, su médico le ha pedido que escriba todos los días, al menos durante media hora, y que lo relea antes de acostarse. Con ello pretende que se observe y aprenda a conocerse mejor. También asegura que es una buena manera de perder el miedo a decir lo que siente y comenzar a confiar más en ella misma.

De golpe me asaltó el recuerdo del consejo que mi padre le dio en aquella postal. Uniendo las dos impresiones, no parecía que estuviera muy trastornada mentalmente, más bien podía pensarse que se encontraba en pleno conflicto consigo misma y con el mundo que la rodeaba. Me sentí muy identificada con ella, no solo porque tuviera entonces casi su misma edad, sino porque a mí también me asaltaba la angustia de no saber bien quién y cómo era yo realmente.

En la mayoría de las ocasiones, Amalia traslada a aquellas cuartillas sus recuerdos. En ellas habla de mi padre, al que se refiere siempre empleando la inicial de su nombre. Retrata una complicidad con él bastante estrecha. El río aparece recurrentemente. Evoca los días de verano en los que se bañaban en uno de los remansos. Afirma ser una excelente nadadora. Se jacta de resistir más que él en el agua y de saltar mucho mejor desde las peñas. Me sorprendió mucho ese detalle, porque no la imagino eligiendo aquel desesperado final, precisamente en unas aguas que tan bien conocía y en las que se defendía perfectamente.

Sin decirlo, dejaba entrever un cierto conflicto con el abuelo Antonio, del que aseguraba que no admitía opiniones contrarias a las suyas. Frecuentemente menciona a su hermana Celia, con la que parece tener una muy buena relación, aunque hay algo en ella que le disgusta:

A veces, si cree que lleva razón en algo, no escucha lo que le dices y te aplasta con su opinión. En esos momentos me parece que Celia es igual que papá.

En los pasajes en los que describe su vida en el sanatorio insiste en su deseo de tener a Celia cerca de ella. No obstante, no quiere acapararla. De ahí que se alegre mucho de que esté asistiendo a clase en el Liceo.

Resulta interesante la observación que hace en un momento determinado:

Celia es otra desde que me atiende el doctor Binoche. Está muy pendiente de la hora en la que pasa consulta y no deja de preguntarme qué sé de él. Creo que se ha enamorado.

A mitad del diario el tono cambia drásticamente y comienza a dirigirse de forma bastante íntima a un «tú» al que nunca identifica por su nombre:

Te echo de menos. No sé cuánto va a durar este encierro. Tampoco sé si todavía seguirás allí cuando regrese. Recuerdo que te acercaste al coche y me miraste desesperadamente. Yo no te pude avisar. Todo fue muy rápido. Papá lo decidió esa misma mañana, en cuanto le fueron con el cuento de que nos habían visto en el río. Cuando el coche arrancó, te vi correr a través del jardín hasta la verja. Allí estabas de nuevo mirándome, ya sí que por última vez, antes de que me alejara definitivamente de Salvatierra.

En un principio me dio la sensación de que este enamorado al que se refería de forma tan cariñosa no existía en realidad, que era más un ejercicio literario, que emocional. Se expresaba en términos tan íntimos que pensé que quizá fuera una imagen, digamos, idealizada e irreal, en la que aquella joven proyectaba su necesidad de amar y ser amada. Pero al seguir leyendo no tuve ninguna duda de que retrataba a aquel hombre de una forma tan vívida que necesariamente debía de existir:

> *Para cuando yo regrese debes estar preparado porque nos fugaremos. ¡No soporto vivir entre ellos! Son carroña elegante y perfumada.*

No esperaba encontrar en Amalia a una muchacha tan decidida y valiente. En absoluto se mostraba enajenada. Daba la sensación de que el abuelo Antonio la mandó recluir en aquel hospital para corregir su rebeldía, más que por motivos de salud.

Agarré con fuerza aquellas cuartillas, convencida de que en ellas se alojaba por fin la clave para descubrir el verdadero desenlace. La lectura que hice fue tan atropellada que seguramente me estaba dejando muchas cosas en el tintero. Aquellos papeles necesitaban ser estudiados con calma y así me lo propuse. Ahora que tenía más cerca que nunca la solución, no debía dejar pasar esa oportunidad.

Una nueva incógnita se unía a todas las demás.

¿Quién sería ese desconocido con el que Amalia pretendía huir?

XIX

Me tenía que dar mucha prisa porque, según comentaron mis tías durante la cena, a última hora de la tarde del día siguiente se iban a subir el armario y los baúles de nuevo al desván.

Tras varias horas de dudas y cavilaciones, decidí devolver solamente las cartas de Beatriz. Aunque fuese muy temerario el quedarme con el diario de Amalia, tenía que asumir ese riesgo, si quería descubrir la verdad de aquel cada vez más enrevesado asunto. El mejor lugar para esconderlo sería sin duda el menos rebuscado de todos: la maleta que estaba preparando, con los libros y cuadernos que me llevaría a la universidad. Creo que fue en el momento de ocultarlo cuando me sobrevino la intensísima emoción que acompañaba, no solo al hecho de saberme autora de un robo sino de que allí estuviera la clave de todo aquel enigma e imaginar con ello a Amalia por fin vengada.

Esa noche dormí bastante mal porque se iban sucediendo en mi imaginación todos los inconvenientes que se me podrían presentar. Casi al amanecer decidí confiar en que no se dieran cuenta de su ausencia, en medio de aquella mezcolanza de viejos papeles y novelas baratas. Otra cosa no podía hacer.

La tía Beatriz dejó para aquella última mañana la apertura del tercer baúl. Todas las esperanzas que puse en él se esfumaron en cuanto levantamos su tapa: viejos sombreros, guantes desparejados, libretas de baile, flores secas, patrones de costura, muestras de bordados, alfileres de sombrero, partituras de música, invitaciones a eventos varios y algunas entradas de teatro, así como gastados billetes de tren o barco componían aquella añeja miscelánea. Los jirones del pasado, un tanto cursi y caduco, en el que vivían todavía instaladas mis tías.

Todo transcurrió sin incidencias. Afortunadamente Celia no nos preguntó nada, ni reabrió ninguno de aquellos tres baúles. Me dio la sensación de que no le gustaban los recuerdos. De ahí quizá venga su costumbre de combatirlos con el silencio.

Respiré tranquila cuando se cerró la puerta que daba acceso al desván, porque eso significaba que ya nadie echaría en falta el diario de Amalia.

Como el tío Eduardo regresó esa misma tarde, no me necesitaron para la partida. Los dejé a los cuatro en el porche, cuando comenzaban la primera mano, y subí a encontrarme de nuevo con Amalia. Tomé la precaución de colocar aquellas cuartillas dentro de un cuaderno de apuntes de arte que repasaba esos días. Si alguna de mis tías decidía venir a darme las buenas noches, no tendría nada que esconder. Bastaría con cerrar suavemente el cuaderno para mantener intacto mi secreto.

Cómo se enfadó la tía Celia al vernos desnudos en el agua. Fue la primera vez que sentí eso que llamamos pudor. Los niños no tienen vergüenza de su cuerpo hasta que no llega un adulto y les hace ver que aquello es pecado. ¡El peor de todos los pecados! No te volví a ver en muchos días. No sé qué hicieron contigo. A nosotros nos castigaron severamente y comencé desde entonces a sentir las miradas reprobadoras de mi padre. De entonces era la frase que tantas veces he tenido que escuchar a lo largo de mi vida; «¡Antonio y ella son iguales, ninguno de los dos tiene respeto por nada!». Lo decían sin darse cuenta de que un niño no sabe quién es, ni cómo es, de que necesita de la mirada de los que lo rodean para reconocerse en ella. Si papá y la tía Celia me hubiesen dicho que yo era buena, habría sido buena, pero como comenzaron a ver en mí a una pequeña criatura perversa, amoral e indigna, no tuve más remedio que colocarme a ese

otro lado de las cosas. Creo que a A le pasó lo mismo que a mí.
¡Pobre A, siempre aterrorizado ante lo que papá esperaba de él!

Tuve que dejar de leer porque no sabía adónde me iban a llevar esas páginas. Amalia dejaba de ser la criatura dulce y sensible que yo había creído para convertirse en algo bien distinto. A través de la ventana entornada me llegó la intrascendente conversación que mantenían mis tíos. A Celia se la notaba de muy buen humor, sin duda alguna por el regreso de Eduardo. Como era habitual, Beatriz y Hortensia comenzaron a discutir por la mala partida que habían hecho. Inexplicablemente sentí el calor de aquella escena y me hubiese gustado bajar las escaleras y abrazarme a alguna de ellas, buscando quizá la seguridad que aquellas cuartillas me estaban quitando.

Algo había cambiado en mí, porque ahora ya no me parecía tan deseable conocer la verdad que encerraba la muerte de Amalia. Pero a pesar de ello, continué con aquella incierta lectura:

Creen que saben lo que es el amor y se equivocan. Que lo pueden encerrar dentro de sus estrechas normas, y se vuelven a equivocar. No saben nada. Son estúpidos miopes. Me gustaría tenerte aquí, a mi lado. Te miraría durante toda la noche. Velaría tu sueño. Respiraría tu aliento. ¡Estúpidos engreídos que creen saber en todo momento lo que está bien o mal!

Con cada nuevo detalle que conocía, me iba sintiendo tan insegura como cuando te adentras en el agua y vas perdiendo pie.

XX

Afortunadamente, las mañanas siempre traían consigo la paz que perdía por las noches. Aquella no fue una excepción. Mientras acababa de desayunar en el porche, vi acercarse la esbelta silueta del tío Eduardo, que regresaba de su acostumbrado paseo. Se sentó a mi lado dispuesto a hojear el periódico y yo no dejé pasar la ocasión. Necesitaba conocer la verdadera razón que llevó a la tía Amalia a aquel sanatorio del sur de Francia, pero no sabía cómo abordar tan delicada cuestión. Comencé preguntándole qué era lo que lo había decidido a hacerse médico. Seguimos charlando un buen rato de vocaciones. Él, a su vez, quiso saber qué me había hecho optar finalmente por los estudios de Letras. Le dije algo que sé que le agradó, al hacerle el responsable de mi elección por todas esas tardes en las que nos encontrábamos en la biblioteca y me daba aquellas magistrales explicaciones. Creo que a los dos nos faltaba esta conversación. Yo nunca le había dado las gracias por haber sido casi un padre para mí. Su discreción le hizo siempre mantenerse en un segundo plano conmigo, dejando que fueran Celia y sus hermanas mis únicas tutoras. No solo en este aspecto, sino en todos, siempre se situó en un segundo plano dentro de aquel universo femenino que dominaba nuestra casa. Seguimos hablando de su profesión largo tiempo, hasta que le pedí que me contara cuál había sido el caso más importante que había tratado a lo largo de su carrera, aquel que le había afectado más profundamente. Me sorprendió la naturalidad con la que me contestó con una sola palabra.

—Amalia —se detuvo unos instantes antes de continuar—. ¡Era un ser distinto a todos los demás!

No añadió más. Se levantó y entró en la casa.

Sin el diario, la contestación del tío Eduardo me hubiese hecho pensar que aún estaba enamorado de ella. Hubiese creído a pie juntillas esa historia que tantas veces me habían contado. Pero ahora todo cobraba un sentido bien distinto, porque Amalia en aquel momento amaba a otra persona y él, por su parte, había caído rendido ante una joven y apasionada Celia. No me cabía la menor duda de que su historia de amor tan solo habitaba en la ingenua y romanticona mente de la tía Hortensia. ¡Hasta la tía Beatriz se dio cuenta de ello, a pesar de lo lejos que estaba! Por eso se le escapó aquel comentario acerca de lo inapropiada que le pareció la boda de su hermana pequeña con el médico extranjero.

En este punto me asaltó con fuerza, una y otra vez, la misma pregunta para la que no hallaba respuesta alguna: ¿qué hizo que Eduardo y Amalia se casaran?

De nuevo me sentía abrumada por tantas incógnitas. Se producía una curiosa paradoja en este asunto, porque cuantos más datos iba obteniendo, más lejos me encontraba de hallar la solución.

Me hice a mi misma la promesa de abandonar la investigación el último día de aquel verano. Una nueva vida me esperaba al llegar a la universidad y en ella no tenía sitio ni la tía Amalia, ni ninguno de los habitantes de Salvatierra. Aunque tan solo dispusiera de una semana, no debía de desanimarme, porque los mejores investigadores de las novelas policíacas siempre trabajan bajo una gran presión.

Sin tiempo que perder, aquella tarde volví de nuevo a enfrascarme en la lectura, lenta y repetida mil veces, de aquellos enigmáticos párrafos, como si con tanta insistencia quisiera alcanzar al final su comprensión última:

Nadie lee estas páginas. Las tengo reservadas para ti. Son tuyas, como yo, como todo lo que tengo. Rezo para que no te hayas ido, para que estés allí esperándome. Recuérdalo bien, en cuanto regrese nos fugaremos.

A Eduard le estoy escribiendo un diario paralelo, en el que le cuento lo que sé que quiere oír: que soy una pobre huérfana, que mi padre nunca me dio un beso, que a veces tengo celos de Celia porque papá le hace mucho más caso que a mí.

Aunque a veces también a él le digo cosas que pienso de verdad, como que nunca permitiré que mi padre haga conmigo lo mismo que hizo con Beatriz. En eso estoy de acuerdo con Celia, cuando asegura que no se dejará dominar por ningún hombre. Ella me ha enseñado que no tengo que estar bajo las órdenes de nadie.

Más adelante habla de su padre:

¡Qué importante se debe sentir cuando va a caballo por sus tierras y los campesinos dejan la labor, se descubren la cabeza y le hacen una sumisa reverencia! Espero no verte nunca humillado ante él. ¡Tu cabeza no debe inclinarse ante nadie! Por eso debemos irnos, para que no puedan hacernos de nuevo daño. Quiero que tengas claro que esta es nuestra última separación. Dentro de unos meses seré mayor de edad y para entonces tengo que conseguir que Eduard me dé el alta. Le demostraré el suficiente arrepentimiento para que piense que me ha curado. ¿Te das cuenta de que tengo que fingir que soy la que quiere mi padre que sea, para poder regresar contigo?

¿Recuerdas la noche en el río? Oíamos sus voces y veíamos la aureola de las linternas en la oscuridad. Gritaban nuestros nombres con desesperación. Tú no me soltabas de la mano. Me apretabas con fuerza cada vez que nos nombraban. Aquellas pulsaciones tuyas me mantenían pegada a la tierra húmeda, con la cara llena de barro y los ojos entornados de sueño. Tu mano y mi mano, y los demás gritando, como locos desesperados. Creo que mejor les hubiese ido si nos llegan a encontrar muertos. Nos hubiesen llorado, desde la tranquilidad de saber que no seguiríamos alterando, sus confortables vidas. Pero en

vez de llorarnos no tuvieron más remedio que castigarnos. Ateridos de frío, inermes, desencajados, esa noche infinita en la que habíamos decidido huir por primera vez nos encontraron gracias a los fogonazos impertinentes de sus linternas.

¡Esta niña va a acabar conmigo! —se lamentaba la tía Celia delante de mi padre. Pero para él era su hermana la responsable.

—¡Tú tienes la culpa, que no la has sabido educar y la has hecho caprichosa y rebelde!... Si lo llego a saber no te hubiese permitido que te encargaras ni de ella ni de Antonio. ¡Los has echado a perder! —le dijo papá. Y al poco tiempo de aquello nuestra tía se trasladó a la capital. Aunque no lo dijo, yo sé que abandonó Salvatierra porque papá la obligó a ello. ¡Así es mi querido padre, no sabe más que culpabilizar a los que tiene a su lado de sus propios errores!

La serena voz de la tía Beatriz me sacó de la lectura, cuando tocó con los nudillos en la puerta para avisarme que ya habían llegado nuestros invitados a la cena.

A pesar de que nunca me gustaron aquellos estirados vecinos nuestros, me arreglé para un encuentro que me haría descubrir en la sobremesa un dato muy revelador.

XXI

La única que parecía cómoda durante la cena era la tía Hortensia. En cambio, ni sus hermanas ni el tío Eduardo digerían bien la conversación de nuestra invitada. A pesar de que apenas si yo estaba al tanto de la doble intención que la movía cada vez que hablaba, aquella mujer hacía que sus palabras discurrieran constantemente por un terreno minado, en el que la amenaza de explosión se percibía nítidamente.

Como hacía mucho que no me había visto, comenzó por alabar mi incipiente belleza. Pronto pasó a compararme con la tía Amalia. Llegó a decir que éramos como dos gotas de agua y que al verme le parecía estar viéndola a ella. Siguió con una retahíla de tímidos suspirillos que acababan siempre con la misma cantinela: *¡Pobrecita vuestra hermana, qué pena, tan joven!*

La tía Celia estuvo a punto de saltar en más de una ocasión. Tan solo la templaba la mirada calmosa y atenta del tío Eduardo. Afortunadamente, entre él y el marido de aquella importuna señora consiguieron llevar la conversación por otros derroteros más transitables, como el de los vinos de nuestra región y su relación con algunos de los grandes caldos franceses. Pero ella se las apañó para monopolizar de nuevo la charla, evocando la época en la que el abuelo Antonio cosechaba el mejor vino de la zona. De ahí pasó no sé bien cómo a hablar de mi padre, al que definió varias veces como «muy singular». No supe qué quiso decir con ello, pero la tía Celia pegó un respingo la tercera o cuarta vez que exclamó, mirándome con fingida simpatía:

—¡Ay, tu padre, qué singular era!

Cuando ya estábamos al final de la sobremesa, hizo como que se acababa de acordar de algo muy importante y llevándose el abanico hasta la frente, exclamó:

—¡Qué cabeza la mía, si no os he dado la noticia! ¿A que no sabéis quién acaba de regresar a la ciudad?

Como todos los presentes guardaban silencio, ella también lo hizo durante unos eternos segundos, para crear sin duda más expectación en su auditorio. Continuó hablando, sin revelar aún la identidad del recién llegado. Noté que ahora era el tío Eduardo el que comenzaba a desesperarse.

—Debe de andar cerca de los setenta, pero eso no quita para que esté todavía hecho un galán. Lo vimos ayer paseando, tan erguido, elegante y coqueto como hace treinta años. ¿Verdad que se conserva muy bien?

Esta fue la primera, y única ocasión, en que se dirigió a su esposo. El pobre hombre estaba tan bien domesticado que movió varias veces la cabeza en sentido afirmativo, sin rechistar.

—¿Querida, de quién estás hablando? —preguntó la tía Hortensia con la sencillez que la caracterizaba.

—¡Del juez Puig! —respondió triunfal.

Noté que al oír aquel nombre la tía Celia se demudó.

Aquella odiosa mujer parecía disfrutar cada vez más con sus malintencionados comentarios.

—Me preguntó por vosotras y dijo que os visitaría un día de estos. Ahora que se ha quedado viudo ha decidido regresar. ¡A su mujer nunca le gustó nuestra ciudad y no sé bien por qué! —se detuvo unos instantes en los que su mirada se volvió bastante maliciosa antes de continuar con su chismorreo—. Quizá tuviera que ver el que siempre tuvo fama de donjuán. ¿Os acordáis de Clara Núñez?... Se habló durante bastante tiempo de aquel asunto.

Ese fue el momento que aprovechó la tía Celia para intervenir con contundencia.

—Quizá se nos ha hecho a todos un poco tarde, ¿no os parece?

Al ver cómo se alejaba el automóvil de nuestros invitados, recuerdo la sensación de bienestar con la que respiramos todos.

—¡Ya lo habéis oído, Alberto Puig nos vendrá a saludar! —dijo Celia en tono de advertencia.

La tía Beatriz fue la que se mostró más contrariada. No conservaba un buen recuerdo de aquel inseparable amigo del abuelo Antonio, porque fue el que más le animó a concertar su desgraciado matrimonio. A la tía Hortensia tampoco le gustaba aquel hombre sibilino, que —a su juicio— acostumbraba a mirar a todas las mujeres como si las desnudara con la vista.

Cuando dos días después vi al tío Eduardo entrar en nuestra casa con un señor de blanca melena engominada, que había tenido la osadía de enfundarse en un traje color avellana y adornarlo con un colorido foulard de seda italiana, comprendí que debajo de las gafas de sol y el sombrero —también italiano— se hallaba el juez Puig.

Me escondí en el hueco de la escalera y me dispuse a observar aquel encuentro.

Celia y Eduardo le hicieron pasar al antiguo despacho del abuelo y allí departieron con él durante un rato. Ni Hortensia ni Beatriz les acompañaron. Aunque no pude oír lo que se dijeron aguardé pacientemente desde mi escondite a que terminara el encuentro. Aquel presumido señor dejó al irse un denso aroma a caro perfume masculino, que fue combatido de inmediato por la tía Hortensia abriendo de par en par todas las ventanas del recibidor.

Mucho más tarde sabría tales cosas de él que justificaban sobradamente el frío recibimiento que se le dio en nuestra casa. Aunque en aquel momento lo que me inquietó fue el comentario que oí de boca de la tía Celia cuando ella y Eduardo se quedaron a solas, envueltos aún en el intenso perfume de nuestro invitado.

—Creo que sospecha algo… ¿No has visto la expresión de sus ojos al evocar a Amalia?

El tío Eduardo la agarró con fuerza y cuando la tuvo envuelta en sus brazos le susurró en un tono tremendamente cálido.

—¡No temas, no puede hacernos daño! Ya no es aquel temible juez que conocimos. Si acaso lo descubriera, nadie le haría caso. Además, es a él al que menos le interesa remover ese asunto, ¿no crees?

Ella se abrazó aún más fuerte a él y comenzó a negar con la cabeza.

—Estoy segura de que sabe algo. ¡Por eso ha regresado! Debemos de extremar las precauciones.

Al escucharlos me quedé sin aliento.

XXII

Si hasta ese momento había podido dudar de mis sospechas, ya no contaba más que con la certeza de que mis tíos eran los culpables de la desaparición de la tía Amalia.

De golpe me sorprendí anhelando no descubrir la verdad. Porque esa verdad que tanto había perseguido desde niña se volvía ahora mi peor enemigo. Nunca imaginé que así fuera. Creo que fue el miedo a lo que pudiera hallar lo que me hizo alegrarme de que solo quedaran dos días para mi marcha. Pero a pesar de mis temores, retomé la lectura del diario de Amalia en el punto en el que se interrumpía durante los dos últimos meses de su estancia en el hospital. Estas nuevas páginas estaban escritas al mes de su regreso a Salvatierra:

¡De nuevo estamos juntos, como cuando éramos niños y mi hermano y yo nos acercábamos a buscarte! Tú no quieres irte, lo sé, y yo no quiero tampoco obligarte. ¡Esta tarde nos veremos en el río!

Amalia pronto comienza a manifestar una cierta preocupación por el comportamiento de su hermano, al que sigue nombrando con la inicial de su nombre. Una inicial que ella también comparte y que a veces emplea para firmar estas cuartillas:

A no tiene remedio. Debes dejar de seguirle el juego. ¡No eres su siervo! No me digas que es una cuestión de amistad, porque la amistad no debe en ningún caso ser ciega, y menos estú-

pida. ¡Cómo deseo que nos vayamos de aquí cuanto antes!...
Podíamos comenzar de cero en un sitio en el que nadie sepa de
nosotros. ¿No te parece emocionante?

A comienzos de otoño, algo muy grave ocurre. Amalia no
lo explica, pero su amante ya no está a su lado. Parece que lo
han detenido, que está en la cárcel cumpliendo una injusta
condena. Da a entender que mi padre tiene mucho que ver
con lo sucedido y no se lo perdona. Le dedica frases muy
duras a su hermano y asegura sentirse desesperada. No sabe
a quién pedir ayuda. Tan solo tiene a Celia como confidente:

> *Me dice que no me desespere, que encontraremos una solución,*
> *pero no sé cómo sacarte de ahí. ¡Qué buena jugada! Mi padre*
> *se ha salido con la suya por partida doble. Consigue que A*
> *quede libre de culpa y a ti y a mí nos separa... ¡Dios mío! ¿Por*
> *qué es tan inhumano?*

No alcancé a identificar el problema que se le había pre-
sentado a mi desolada tía, pero estas páginas coincidían en el
tiempo con la recaída que tuvo al llegar el otoño y que fue la
que propició que la tía Celia llamara al médico francés.

Guardé celosamente las páginas sueltas de aquel diario en
una de las dos maletas que viajarían conmigo, y decidí que
tardaría un tiempo largo en volver a su lectura.

Al hacerlo, noté una placentera sensación de alivio.

Mientras ordenaba los objetos de mi habitación reparé en
el mazo de novelas que también saqué de aquel baúl. Había
estado tan ocupada con el diario que me había olvidado de
ellas por completo.

Desaté la cinta que las unía y me encontré con una docena
de viejas novelitas, en edición rústica y papel muy áspero. Pertenecían a una colección cuyo título decía algo así como «La
novela de hoy». En las portadas figuraban ilustraciones que
me recordaban los afiches de las viejas películas del cine de
verano. Las barajé como si fueran naipes, mientras leía sus

rebuscados títulos. De pronto me detuve ante la portada de una de ellas, en la que se veía al fondo cómo se estrellaba una avioneta en plena selva, mientras que en primer plano una pareja se besaba desesperadamente. En la esquina inferior de la portada se apreciaba el rostro lloroso de un bebé que braceaba desconsolado. No recuerdo el título que figuraba delante de aquellos dibujos, pero sí que me dejaron tan sobrecogida que no supe reaccionar durante unos larguísimos minutos.

Cuando reuní las fuerzas necesarias comencé a leer apresuradamente aquellas páginas, que describían la vida abnegada de un joven matrimonio de médicos en una misión situada en plena selva. A lo largo de los primeros capítulos consiguen con éxito plantar cara a unos despiadados traficantes de diamantes que pretenden intimidarlos por todos los medios para que abandonen la misión y así poder hacer en ella prospecciones. La pareja protagonista defiende el poblado y a sus habitantes con determinación. No están dispuestos a dejar que la ambición de unos malvados forasteros acabe con las tierras de cultivo de aquellas buenas gentes. Parece que el bien está ganándole la partida al mal hasta que al jefe de los traficantes se le ocurre una solución. En plena noche alguien entra en el recinto del hospital y manipula la avioneta con la que ellos dos se desplazan una vez por semana hasta los poblados del interior para llevar medicinas y atender a sus habitantes. Resulta muy angustioso ver a la joven mamá acariciar a su bebé mientras duerme en la cuna y despedirse de la niñera que lo cuida con un «¡Regresaremos mañana a primera hora!». La avioneta inicia el vuelo y cuando ya se pierde de vista entre la profusa vegetación de la selva, se describe un espantoso ruido y el fogonazo de una explosión, que concluyen con la palabra FIN.

Recuerdo que me puse a llorar de la forma más desesperada en que lo he hecho nunca. Tendida en la alfombra de mi dormitorio permanecí no sé cuánto tiempo.

Cuando conseguí levantarme, me invadía tal furia que bajé de dos en dos las escaleras con aquella infecta novelucha entre las manos. Me acerqué hasta donde las tres harpías se encontraban tomando el té y les grité con todas mis fuerzas que no tenían derecho a humillarme y a burlarse de mí, como lo llevaban haciendo desde que nací. Al ver sus caras de estupor y sorpresa, blandí en mis manos la novela en actitud desafiante.

Celia fue la única que se dio cuenta de lo que estaba ocurriendo. En un gesto de clara superioridad les pidió a sus hermanas que nos dejasen a solas. Las dos, con la sumisión habitual que le demostraban siempre, se alejaron en silencio.

Era la primera vez que tenía delante de mí a aquella mujer sin que sintiera el más mínimo temor a su reacción, porque ahora era yo la que no estaba dispuesta a soportar ninguna de sus mentiras.

—¿Por qué me habéis engañado? —le espeté casi en un susurro.

Le tiré la novela a la cara. Tuvo que esquivarla protegiéndose con los brazos y comprendió que no le valían las tretas de siempre, porque esta vez no me podía despachar con dos palabritas y su gesto habitual de distancia.

—¡Créeme, fue por tu bien! —respondió. Pero en mi mirada descubrió que no se iba a salir con la suya, porque yo buscaba explicaciones y no meras frases de telegrama.

—He querido ahorrarte el daño que te van a causar mis palabras. ¿Estás segura de que quieres que continúe?

Me miró fijamente, en espera de mi respuesta.

—¡Adelante! —fue mi escueta contestación.

—Como quieras. Tu padre no era el mejor de los hijos, ni el mejor de los hermanos —comenzó diciendo, como quien inicia una narración—. En realidad, desde niño fue una persona... muy complicada. Siempre estaba metido en jaleos. Llegaron a expulsarlo de tres colegios. Y al abuelo aquellas «travesuras» le costaron muchos disgustos y también bastante dinero. Pero, a pesar de todo, siguió confiando en su hijo y esperando que con la edad se volviera más responsable y supiera ocupar su puesto al frente de la familia Salvatierra. Desgraciadamente, los deseos del abuelo no se cumplieron. Con quince años dejó los estudios y desde entonces se dedicaba a perseguir a las criadas más jóvenes por los pasillos de esta casa y a organizar timbas ilegales en los peores garitos de la ciudad. Comenzó a frecuentar malas compañías y a cometer sus primeros desmanes. No atendía a los consejos de nadie y se mostraba desafiante con todo el que le llamara al orden. El abuelo sufría mucho cuando venían los guardias a nuestra casa para interrogarle. ¡Fue para él muy humillante tener que pedir favores a su amigo, el juez Puig! —al llegar a este punto se detuvo, quizá para encontrar la fuerza y el valor necesarios para seguir con aquella confesión, que estaba acabando con la amable imagen que yo tenía de mi padre.

Agradecí aquella pausa, porque tan descarnado retrato me estaba destrozando.

XXIII

Tras la durísima confesión que oí de labios de la tía Celia, me recluí de nuevo en mi cuarto, sin fuerzas para nada más que para llorar. A pesar de que llamaron insistentemente a la puerta, no dejé que ni Hortensia ni Beatriz me acompañaran, porque no quería escuchar sus brumosas explicaciones. Me imagino que aquello les debió de suponer un nuevo disgusto, después de que Celia les hubiera increpado sin piedad, por el hecho de que yo hubiera descubierto aquella novelita.

—¿Cómo se te ocurrió dársela? ¿En qué estabas pensando? —los reproches de la tía Celia llegaban con nitidez hasta mi cuarto en aquella velada espantosa, en la que las tres se percataron de que no podían por más tiempo seguir jugando conmigo.

Más tarde sabría que ella fue la única responsable de todas aquellas mentiras. Sus dos hermanas permanecieron completamente al margen del complot que, con ayuda del tío Eduardo, había ido urdiendo en torno a mí.

Según esta nueva versión, mi padre resultó ser un perfecto canalla. Él era el que nos había arruinado, al jugarse las fincas que el abuelo Antonio puso a su nombre cuando intentó inútilmente hacerle tomar las riendas de nuestra hacienda. Como un ejemplo más de su vileza, también supe que a mis tías les robó algunas de las joyas de su valiosa herencia, para pagar importantes deudas de juego y demás excesos. Incluso llegó a falsificar, en varias ocasiones, la firma de su padre para cobrar unos cheques de muchos ceros.

No obstante, según parece, cuanto más infame era en sus acciones, más hermoso y seductor resultaba externamente.

Varias veces insistió Celia en el hecho repetido de que todos en la familia, comenzando por el abuelo Antonio, acababan creyendo sus excusas y confiando en su definitivo arrepentimiento. Con ese innato atractivo, no le costaba ningún esfuerzo seducir también en el amor. De ahí que fueran muchas las mujeres que cayeron en sus brazos y muchos los escándalos que le persiguieron desde muy joven. En el caso de que sus víctimas fueran criaditas, empleadas o mujeres de la noche no trascendían sus atropellos. En cambio, hubo más de un caso en el que se atrevió a entrar en la alcoba de señoras muy principales, casi todas ellas casadas. Su desfachatez trajo consigo situaciones tan apuradas como aquella en la que un marido burlado encargó que le dieran tal paliza que a punto estuvo de costarle la vida.

Al oír a mi tía, por un momento pensé en todas esas ilusas que se dejaron embaucar por tan indeseable individuo. Mi madre, de la que solo sabía su nombre, fue una de ellas.

Hasta entonces lo único que había conservado de mis padres era el penoso argumento de una novela barata, en la que se mezclaban burdamente la aventura y el amor con el destino. Aquellos padres de cartón piedra poco podían aportarme, pero al menos estaban marcados por la pureza de sus ideales. En cambio, ahora debía de acostumbrarme a la vergüenza que me producía el hecho de tener un padre tan despreciable como el que me dibujó la tía Celia, a través de su impasible gesto y del uniforme tono de su voz.

También supe que el hijo de Bernardo estuvo siempre a su lado, no como cómplice, sino como fidelísimo amigo. Desde niños fueron camaradas de juegos, en compañía siempre de la tía Amalia. Los tres compartían una amistad, que aunque al abuelo Antonio no le hacía gracia, no pudo evitar. En aquellos días de infancia era a mi padre al que se le ocurrían las travesuras más peligrosas, mientras que los castigos siempre iban a parar a Agustín o a Amalia. Cuando algún adulto gritaba «¿quién ha sido?» mi padre no dudaba en declararse completamente inocente de la fechoría. Amalia solía protestar y rebelarse, mientras que aquel pobre niño aceptaba su triste suerte sin rechistar. Aquello molestaba mucho a la tía Amalia, que siempre salía inútilmente en su defensa. Ella parecía ser la única a la que mi padre no conseguía seducir del todo.

De entre todas aquellas malandanzas la más grave fue la que provocó su definitiva marcha. Desde entonces, mi padre no volvería nunca más a Salvatierra y de él ya no tuvieron más noticias que la de mi nacimiento y la de su muerte.

Recuerdo nítidamente el gesto imperturbable de la tía Celia mientras me relataba en un tono de voz casi susurrante los detalles de aquel suceso que hizo que Agustín fuera a la cárcel en su lugar. Por lo visto robó la caja de una tienda de licores, en la que, según declaró el dueño, se guardaba una importante suma de dinero para pagar al día siguiente tanto a los proveedores como a los empleados. Desgraciadamente para él, uno de los empleados lo reconoció cuando se alejaba precipitadamente en la oscuridad de la noche del local. La policía se desplazó en plena madrugada hasta nuestra casa y el abuelo Antonio les dijo que a primera hora de la mañana se presentaría en la comisaría el verdadero culpable. Después de hablar con su hijo y oírle confesar el delito, no sintió el más mínimo reparo en hacer levantar de la cama a Agustín, ponerle en las manos un manojo de billetes y pedirle que se entregase.

—¡Dale esto a tus padres! Con ello podrán tirar mientras tú no estés. No te preocupes, que en cuanto pase el revuelo conseguiré que te saquen —fueron las palabras con las que el amo Salvatierra concluyó aquella forzada entrevista.

Imagino lo que debió de suponer para Bernardo y Carmen ver llegar a su hijo con el precio de su libertad y de su honra en aquellos arrugados billetes. El pobre Agustín pasaría más de un año en la cárcel provincial, mientras que mi padre aprovechó la ocasión para desaparecer definitivamente de Salvatierra.

Cuando terminó de contármelo, sentí un enorme alivio al pensar que nuestra familia había llegado a su fin. Yo era la última representante de una degenerada y despreciable saga de advenedizos terratenientes, acostumbrados a salirse siempre con la suya.

XXIV

Recuerdo que me costó mucho trabajo formularle a mi tía la pregunta que durante todo su detallado relato me iba asaltando cada vez con más fuerza:

—¿Cómo murió realmente mi padre?

La respuesta, además de dramática, resultó tan novelesca que no me la llegué a creer, ni entonces ni nunca.

—Parece ser que tras una partida de cartas le esperaron a la salida y, a pocos metros de la casa de juegos, le asestaron varias puñaladas mortales, para después quitarle el dinero que había ganado esa noche. Todo ocurrió muy lejos de aquí, en la frontera —señaló mi tía en un tono desvaído, casi arrepintiéndose de habérmelo confesado.

—¿Y mi madre? —pregunté sin fuerzas para hacerlo, temerosa de oír una nueva patraña.

—Tu madre era una muchacha que entró un año antes a nuestro servicio. El abuelo la despidió cuando descubrimos que tu padre la cortejaba. No supimos más de ella, ni por supuesto que estaba embarazada hasta que apareciste en nuestra casa, con apenas unos días de vida. Te trajo el sacerdote de uno de los pueblos del valle de Salvatierra que había asistido a la pobre muchacha antes de morir. En su confesión última, aquella infeliz le desveló tu identidad —concluyó mi tía poniendo un tono de marcada afectación en aquella última frase.

¡Víctor Hugo aparecía firmando mi nueva biografía! Al menos, en esta ocasión, Celia había elevado la calidad literaria del relato, pensé con profunda tristeza.

En los primeros momentos tan solo pude llorar sin consuelo alguno. Pero poco a poco comprendí que me había hecho mayor de golpe y que no volvería a temer nunca ninguna reacción de Celia ni de mis otras tías. A partir de ahora me dedicaría a crear mi propia vida, sin tener en cuenta a ninguno de los miembros de mi oscura familia.

Me asaltó una inesperada euforia al comprobar que nadie iba a intervenir nunca más en mi propia historia. Sentí que acababa de nacer y me dirigí al calendario que colgaba de una de las paredes de mi habitación para ver qué día y qué santo me alumbraban: *San Agustín, 28 de agosto*.

Me sorprendió ese nombre, que me llevaba directamente al recuerdo del hijo de Bernardo y Carmen. Si era cierto todo aquello, no me extrañaba que nunca más volviera por aquí. ¿Cuántas más cosas pudo hacer por mi padre? ¿En cuántos líos se habría visto metido? Puede incluso que perdiera la vida, como le ocurrió a él, o quizá la perdió en lugar de él. ¡Quién sabe!

Por un instante recuperé esa tendencia mía a darle la vuelta a todo, intentando ver siempre otro resultado diferente. Pero curiosamente habían dejado de interesarme las especulaciones. ¿De qué me servía rastrear una verdad que ya de entrada sonaba a burda mentira? ¿No era acaso profundamente decepcionante que Celia hubiese recurrido al argumento de esa novelita juvenil para crearme un pasado? La selva, la misión, el accidente de avión resultaban ingredientes muy torpes para componer una vida. Por un momento me ardieron las mejillas al imaginar qué habrían pensado las más sagaces de mis compañeras de internado cuando yo les contaba la romántica historia de mis padres, aderezada por mi parte con su fortuito encuentro en París. Temí haber sido objeto de burlas por parte de ellas en más de una ocasión. Cuando yo me diera la vuelta ¿qué comentarían de semejante niña idiota?

Era una suerte que en unas pocas horas me alejara de todo aquello. Afortunadamente la universidad en la que me había matriculado se encontraba muy lejos de Salvatierra. Y, uno tras otro, aquellos kilómetros me irían separando del estúpido y despiadado mundo en el que había consumido mis dieciséis primeros años de vida.

Noté que ya nada volvería a ser igual, cuando el tren arrancó y vi en el andén a aquellas tres mujeres volverse cada vez más diminutas.

XXV

En cuanto llegué a aquella animada y ruidosa capital, decidí comenzar de cero en todos los aspectos. Jamás había tenido problemas a la hora de relacionarme con la gente, y ahora que me sentía completamente dueña de mis actos, mucho menos.

Hacia el mes de octubre, en una de las asignaturas me encargaron un trabajo que me obligó a frecuentar la Hemeroteca Nacional. Nunca antes había estado en un lugar como aquel. El proceso era siempre el mismo: tras consultar los ficheros, se rellenaba una petición y a los pocos minutos alguno de los bedeles, que iban vestidos con unos largos guardapolvos grises, te entregaba la revista o el periódico solicitado. La consulta se realizaba obligatoriamente en los incómodos pupitres de madera que componían la sala de lectura porque aquellos documentos no se podían sacar en préstamo.

Fueron muchos los días de ese trimestre que pasé rodeada de tanto desgastado y amarillento papel.

No sé cuándo ni por qué se me ocurrió regresar a mi antigua costumbre de investigar acerca de la muerte de Amalia. Quizá el hecho de que fuera la única que se enfrentó a mi padre la hizo de nuevo interesante a mis ojos.

Una tarde, en la que había terminado antes de tiempo la tarea que tenía entre manos, me dirigí al mostrador y rellené una ficha donde figuraban los números de las ediciones del periódico de nuestra ciudad de aquel dramático comienzo de verano.

Mientras aguardaba la entrega, de nuevo comencé a sentir la intensa desazón que me invadía siempre que pensaba en la tía Amalia.

Una vez en el pupitre, coloqué en riguroso orden correlativo las ediciones y comencé a rastrear por entre sus ásperas páginas. Pero en ninguno aparecía recogido el triste eco de la muerte de Amalia, ni siquiera a través de una esquela funeral. ¡Absolutamente nada! Fui ampliando las fechas de búsqueda hasta el punto de que consulté el anuario completo y, sin embargo, el resultado era siempre el mismo.

Un espantoso vértigo me asaltó al imaginar un desenlace que hasta entonces nunca había previsto: que realmente la tía Amalia no hubiera muerto.

En otro momento de mi vida hubiese creído que aquello era un perfecto despropósito, pero después de haber visto cómo se venía abajo la imagen que tenía de mis padres, no podía dar por verdadero nada de lo que mis tías me hubieran contado.

Aunque no llegaba a entender la razón por la que Celia se iba a molestar en construir aquella espantosa mentira, sin duda alguna era esa una posibilidad a tener muy en cuenta. Seguí pensando en ello. ¿Por qué no le bastó con decir que su hermana había muerto, sino que había elegido para ella la más misteriosa de sus formas, la que menos entendemos y a la que no sabemos enfrentarnos más que eludiéndola y sin hacer apenas preguntas? De inmediato sentí el fogonazo nítido de la respuesta.

Las razones de Celia para urdir semejante falsificación estaban claras: ella sabía que esta es una solución tan dramática y dolorosa que nadie del entorno se atreve a interrogar a los familiares y que todos aceptan el silencio como la única explicación posible. A partir de ahí, faltaba ahora saber adónde y con quién huyó la tía Amalia y si fue una decisión voluntaria o forzada. Tras estas especulaciones me atreví a preguntarme también qué habría sido de su vida. Y pensé que la que mejor podía responder a esta pregunta sería, sin duda alguna, ella misma, si alguna vez conseguía dar con su paradero.

Volvía a encontrarme en el mismo punto, que no era otro que el de partida y decidí releer su diario.

Desde la confesión de Celia, mis sospechas se habían convertido en certezas y ya no tuve duda alguna acerca de la identidad de la persona con la que Amalia deseaba reencontrarse para poder huir.

El hijo de aquel buen hombre que siempre me acogía con sus rugosas manos; el que lloraba en nuestras despedidas a través de sus enfermos ojos; el mismo que lo vio ingresar en la cárcel por un delito que no cometió y que tuvo que sufrir desde entonces su ausencia. ¡Pobre Carmen! Ahora entendía tantos silencios y aquella profunda tristeza que la invadía constantemente. ¡La señorita Salvatierra, la hija pequeña del amo, enamorada perdidamente de aquel muchacho cuya foto se había quedado pegada a la suya! Aquello no debió de hacerle ninguna gracia al abuelo Antonio. Ahora entendía aquel pasaje en el que ella recuerda la despedida de ambos. Fue algo muy precipitado, fruto de la delación de la anterior tía Celia, que debió sorprenderlos planeando su huída y no dudó en hacérselo saber a su hermano. Esa debió de ser la gota que colmó el vaso de la paciencia del abuelo Antonio, que veía, cada vez con más inquietud, aquella inaceptable relación. Quizá aguantó hasta ahora por lo útil que siempre le era el muchacho para cargar con las culpas de mi padre. Ya no me cabía la menor duda de que el ingreso hospitalario de Amalia no obedecía a razones médicas, sino que fue una manera de recluirla para que olvidara un amor tan desigual.

¿Cómo pudo el abuelo Antonio ser tan despiadado con su propia hija?

Me detuve recordando que también lo fue conmigo, una pobre bastarda, a la que debía de considerar indigna de llevar su altisonante apellido.

XXVI

Ahora podía hacer *encajar* lo que Amalia escribió a su regreso del hospital con lo que la tía Celia me contó acerca del robo que cometió mi padre y con lo que supe por boca de la tía Hortensia. Confiada en el éxito, me propuse reconstruir los hechos a partir de estos tres testimonios. Respiré hondo antes de poner por escrito el resultado de aquella decisiva fase de mi investigación.

Según supe por Hortensia, la «recaída emocional» de Amalia aconteció dos meses después de su regreso, es decir, hacia octubre. Y fue precisamente en ese mes cuando mi padre cometió el robo y, por consiguiente, Agustín entró en la cárcel.

Es previsible lo que para ella debió de suponer aquel asunto, porque por esas fechas la pareja estaba planeando marcharse definitivamente y emprender una nueva vida. Entendí, también, el enfrentamiento que tuvo con su hermano, al que debía considerar un cobarde por no asumir sus culpas en primera persona. Y, por supuesto, imaginé cómo se debió de agriar la relación con su padre, al ver de lo que era capaz por salvar el buen nombre de nuestra familia.

Y es precisamente en este ambiente fracturado, en el que irrumpe de la mano de la tía Celia el joven y apuesto doctor Binoche. ¿Qué papel desempeñó realmente el tío Eduardo en esta historia? Sin duda que debió de ser determinante, ya que acabó convertido en su esposo. Al hacerme esta pregunta, se me presentó como el más oscuro de todos los personajes. ¿Qué fue realmente lo que le hizo abandonarlo todo para trasladarse a otro país? ¿Simplemente mediar en el conflicto de una familia?

Debió de ser el amor lo que lo condujo hasta nuestra casa. La locura de dejarlo todo y lanzarse a lo desconocido solo cobra sentido si la mueve una pasión.

Puede que Amalia encontrara en él algo más que el apoyo de un especialista. Quizá se enamoró perdidamente de él y se olvidó tanto de su hermana como de aquel amor de infancia que representaba para ella Agustín. De ser así, habría demostrado ser una muchacha voluble y caprichosa, que se valió de los sentimientos de ese pobre muchacho tan solo para rebelarse contra su padre.

Amalia se me aparecía por primera vez como verdugo y no como víctima.

Parece que a ninguno de los Salvatierra les importaba lo más mínimo el daño que pudieran hacerle al hijo de un jornalero o a una indefensa criadita. Ante esta suposición, volví de nuevo a alegrarme de que mi familia hubiese llegado a su final y de que nuestro apellido ya no tuviese ningún poder en la comarca.

Se acercaban las Navidades y mis tías me esperaban. Desde que tuve aquella reveladora entrevista con la tía Celia tan solo había transcurrido un trimestre y todavía no había encajado todo lo que me tocó oír de sus labios. Una prueba evidente de que seguía sin asumir a ese padre que parece que tuve era que de nuevo había regresado al universo de Amalia. Esa era la manera en que solía actuar para zafarme de mis propias preguntas.

Todos estos años me había bastado con aquel heroico y breve relato de los dos jóvenes que se estrellaron en una avioneta. Si no hubiese leído aquella novelita seguiría estando muy orgullosa de los padres que me habían tocado en suerte. Ahora, en cambio, tenía que sentirme avergonzada por todo el daño que mi auténtico padre causó a nuestra familia y también a esa pobre sirvienta seducida, que se vio obligada a entregarme a las garras de Celia, para que ella fabulara mi vida a su antojo.

Abrí con desidia la carta de la tía Beatriz. En ella me decía que estaban deseando verme y compartir esas fechas conmigo. Afortunadamente me anunciaba que Nené las pasaría con nosotros. Sentí una sensación de alivio al saberlo.

Con él allí, sin duda que todo sería más fácil.

Me propuse hablarle a este respecto, porque entre nosotros no debían de existir ni las medias verdades ni las flagrantes mentiras con la que mis tías me habían educado. Pensé que debía de contarle, incluso, lo del diario de Amalia.

Las Navidades eran días de sorpresas y aquellas no me iban a defraudar.

XXVII

La primera con la que me encontré fue la de que Eduardo y Celia llevaban dos semanas en Francia y no regresarían a tiempo para la Cena de Navidad. Ninguna de mis tías me explicó las razones de ese viaje y yo tampoco hice preguntas. Nunca antes se habían ausentado en esas fechas, así que la causa debía de ser importante, pensé sin detenerme a hacer conjeturas.

Sin mi tía Celia supervisándolo absolutamente todo, la vida dentro de la casa se hacía más respirable. Creo que Beatriz y Hortensia eran de la misma opinión que yo y por eso andaban relajadas, como si no tuvieran horarios ni obligación alguna. Recuerdo que las dos quisieron sin éxito acercarse a mí. Pero me gustaba mantener ese tono distanciado que había comenzado a ensayar, con el que pretendía evitar a toda costa tanto nuevas mentiras como falsas complicidades.

La llegada de Nené trajo la alegría a nuestra sombría casa.

No vino solo. En esta ocasión lo acompañaba un amigo. Desde que los vi al pie de la escalera pensé que nunca más vendría con una novia. Mis tías se mostraron encantadoras con aquel hermoso y delicado joven. No sé si se dieron cuenta de lo que ocurría entre ellos, aunque había que ser tan ingenuo como la tía Hortensia para no descubrirlo.

Mis planes se vinieron abajo porque ya no podía sincerarme con él, ni ponerle al tanto de mis pesquisas. Nené solo tenía ojos para su amante. Los demás no existíamos en aquella insólita Navidad sin Celia, en la que no dimos a la cena la etiqueta que ella imponía a todo.

Los tres reímos sin descanso mientras estuvimos sentados alrededor de la mesa y después bailamos formando una especie de bulliciosa comparsa, que poco a poco se fue volviendo melancólica, cuando ya el cava comenzó a hacer su efecto. Recuerdo el escalofrío que me recorrió por la espalda cuando aquel joven me apretó contra su pecho y me hizo dar frenéticas vueltas. Creí volar en sus brazos al notar su dulce aliento. Sentí envidia de Nené, porque lo tendría en su cama esa noche y me vi de nuevo tan infeliz como cuando el abuelo Antonio me ignoraba desde el cristal ahumado de sus gafas. Pensé en Amalia y entendí que a veces la solución la busquemos desesperadamente en las aguas de un río.

Ya en mi cuarto, imaginé que el amor quizá fuera lo que me hiciera olvidar toda aquella desazón que me procuraba mi familia. Pero hasta ahora no me había llegado. A veces me daba vergüenza pensar que, de todas mis compañeras de facultad, yo era una de las poquísimas que todavía no había tenido una relación sentimental.

Oí los pasos cautelosos de Miguel cuando se disponía a visitar a su amante. Me dormí pensando en ellos y también en Celia y Eduardo y en Amalia y Agustín y hasta en mi padre y esa ingenua criadita, que debió de sentir el mismo vértigo que me había asaltado durante el baile, cuando el hijo del amo entrara con sigilo en su pobre y desangelado cuarto de servicio buscando a tientas su tierno y sumiso cuerpo.

XXVIII

La llegada de mis tíos se produjo la misma mañana en la que Nené y su amigo se marcharon. Apenas si coincidieron las dos parejas unos minutos en el recibidor, en medio de equipajes que salían y entraban. Lo observé todo desde lo alto de la escalera y pude entender la razón de aquel viaje en la palidez del rostro del tío Eduardo, en su notable pérdida de peso y en su andar lento y vencido, para el que necesitaba asirse en todo momento del brazo de mi tía. Su tono de voz era casi inaudible y las palabras salían de sus labios con una dificultad que yo desconocía en él.

En los tres meses que habían pasado desde la última vez que lo vi, había enfermado gravemente y ese extemporáneo viaje, precisamente a Francia, sonaba a despedida. Intenté reunir las fuerzas suficientes para saludarle, sin que mi gesto delatara la triste impresión que me había producido su estado. Pero fue imposible disimular porque de cerca aún eran más devastadores los efectos de la enfermedad.

Aunque fue la tía Celia la que más me sorprendió. Parecía llevar sin dormir mucho tiempo, estaba demacrada y ojerosa y por primera vez en su vida no hacía gala de su exquisita compostura. Su rubio cabello dejaba entrever las canas en las sienes, así como a lo largo de la raya del peinado. Y en su mirada se leía una profunda tristeza. Nunca pensé que amara al tío Eduardo de ese modo. Ante mí tenía a una pobre mujer muerta de miedo.

Las tías no me ocultaron su preocupación cuando las sorprendí llorando. Me explicaron que el diagnóstico era terrible. Habían ido a París a consultar a uno de los mejores especialistas y por lo visto no se podía hacer nada.

—¡Le dan menos de seis meses! —dijo la tía Hortensia, en una especie de asustado susurro.

En los días siguientes Celia apenas si salió de su habitación. Ahora ya no andaban con disimulos.

El tío Eduardo no comía con nosotras. Lo hacía en el rincón más soleado de la biblioteca, en la mesa de camilla donde yo estudiaba de niña. Allí pasaba casi toda la mañana en compañía de Celia. Por las tardes su estado empeoraba tanto que era trasladado hasta su dormitorio, donde ella le leía tenazmente.

La mañana de Año Nuevo la tía Beatriz me dijo que me esperaban en la biblioteca. Subí un tanto turbada porque era la primera vez que me encontraba a solas con la tía Celia después de nuestra conversación de finales de verano.

Al oírme entrar, se levantó, avanzó hacia mí y me dijo en un tono profundamente decaído que nos dejaba solos unos minutos, que procurara que no hablase mucho porque eso lo agotaba.

Volvíamos de nuevo los dos a estar allí, alrededor de aquella mesa de camilla en la que tantas veces me había explicado la lección. Noté que su mirada se alegraba al tenerme delante. Hizo un intento por acercar sus manos a las mías, pero las fuerzas le fallaron. Se recostó en el sillón y me dedicó una larga e intensa mirada. Me acerqué para poder oír sus entrecortados susurros.

Como entonces, empleó el francés.

Repitió varias veces que no siguiera enfadada con la tía Celia, porque siempre se había preocupado por mí. Me rogó repetidamente que confiara en ella e insistió en que todo lo que los dos habían hecho en el pasado fue exclusivamente por mi bien y añadió que si me habían ocultado la verdad era porque sabían que me iba a resultar muy dolorosa.

Me produjo una profunda tristeza ver cómo se estaba despidiendo de mí definitivamente. No quise que continuara hablando y callé sus labios con mi mano. Sabía que si le oía decir una palabra más, me iba a echar a llorar sin remedio.

Celia entró en ese momento y se acercó hasta nosotros. Al levantarme para cederle el asiento, las dos nos fundimos en un abrazo.

No volví la cabeza, pero supe que al tío Eduardo aquel gesto le había hecho muy feliz y me alegré por ello.

XXIX

La mañana de mi partida pude comprobar que el fuerte sentido práctico del que solía hacer gala mi tía Celia no había desaparecido en ella, a pesar del duro momento por el que estaba pasando.

—Si le ocurre algo a Eduardo no vengas, porque el viaje es muy largo y puede que estés de exámenes o preparando cualquier entrega... ¡Es mejor así, créeme!

Mientras me hablaba, se dedicó a colocarme bien la bufanda. Fue ese sin duda el gesto más cariñoso que había tenido conmigo en mucho tiempo.

Durante las largas horas de tren que me alejaron de Salvatierra me asaltó la certeza de que era muy probable que ya nunca más lo viera jugar a las cartas o pasear por la alameda que bordeaba el río. Tampoco oiría su fino acento francés en la sobremesa, hablando de cualquier asunto que él siempre volvía interesante. Me había emocionado oírle decir que yo era como su hija, quizá porque él fue para mí lo más parecido a un padre. ¡Qué pena que Celia no hubiese inventado para mí esa otra biografía!

Yo, convertida en la hija de un médico francés que por amor abandonó su país.

Durante aquel interminable trayecto sentí que era el momento de poner en orden todo lo que sabía, tanto de mi padre como de la tía Amalia. Llegué a la conclusión de que se trataba del mismo asunto y de que, si quería llegar hasta la verdad, tendría que analizarlo como una única sucesión de causas y efectos.

Me sorprendió saberme dentro del mismo rompecabezas que la tía Amalia. Hasta entonces yo había pensado que su desaparición nada tenía que ver con mi padre, ni por supuesto conmigo. Y ahora, de golpe, medio adormilada en aquel incómodo asiento, había descubierto la clave que podía conducirme a la solución que llevaba buscando toda mi vida.

Abrí un cuaderno de notas y comencé a escribir:

Mi padre y mi tía, desde niños, compartieron juegos y secretos con Agustín. Fueron creciendo y el amor surgió entre la señorita y el criado. Un amor, que llegó a preocupar tanto al amo que apartó a su hija durante casi un año de sus tierras, pretendiendo con ello que a la joven se le olvidara aquella imprudencia.

Mientras tanto, al señorito le dio por volverse un perfecto canalla y el criado comenzó a pagar los platos rotos de sus fechorías. En este caso al amo sí que le interesaba aquel humilde muchacho, porque le ayudaba a limpiar el honor de su casa, sin pedir nada a cambio. Cuando la joven rica regresa, en apariencia recuperada, se produce un terrible suceso del que todos sufrirán las consecuencias. Aunque unos más que otros. El amo obliga al hijo del jornalero a declararse culpable del robo que ha cometido su propio hijo. Le espera la cárcel. La señorita se rebela contra su cruel padre y contra su cobarde hermano, pero de nada le sirve. Ella, que ni siquiera se ha podido despedir de su enamorado, entra en una de sus peores crisis. Tanto es así que una de sus hermanas manda llamar al médico que la atendió en Francia. El señorito canalla se marcha definitivamente de nuestra casa, tal vez porque no pudo soportar la vergüenza. Con el hijo del jornalero en la cárcel, la señorita parece olvidar lo que sintió por él y en un par de meses se casa con el médico francés. Pero algo hace que acabe desapareciendo más tarde en el río.

Hasta aquí el relato breve de los hechos. Ahora quedaba saber qué pasó por la mente de Amalia para que de repente se olvidara de Agustín y acabara casándose con su médico.

Guardé el cuaderno de notas al llegar a la estación y dejé que la ciudad me acogiera con su incesante ritmo. Afortunadamente, el ruido de sus calles, las risas de mis amigos, las clases y las horas de estudio hicieron que poco a poco Amalia se fuera diluyendo.

XXX

Cuando llegó el telegrama no hice caso a la tía Celia y, sin avisar, me puse inmediatamente de camino.

Me costó trabajo reconocer, tras aquella inexpresiva máscara de cera en la que se había convertido su rostro, al hombre elegante y vital con el que tantos momentos de mi vida había compartido. En realidad, la suya fue la primera muerte familiar que sufrí, porque la del abuelo Antonio apenas si la recuerdo, y además con él nunca sentí los afectos que me unieron a mi querido doctor Binoche.

Celia estaba destrozada. Sus hermanas no la dejaban de lado ni un momento y de nuevo, viéndola, comprobé lo mucho que había amado a ese hombre.

La casa se fue llenando de gente. A muchos los conocía, eran amigos de la familia que solían visitarnos regularmente. Me dediqué a observarlos desde un rincón de la sala hasta que descubrí que era yo la observada.

Se trataba de aquel juez que en el verano anterior regresó a nuestra ciudad, el mismo que tuvo con mis tíos esa extraña conversación que a Celia dejó tan preocupada. Se acercó hasta mí con su sinuosa mirada. Cuando me tuvo delante, pasó levemente su nervuda mano por mis cabellos.

—Tú debes de ser la nueva Amalia. Te pareces tanto a ella que casi he creído verla en ti. ¡Desgraciadamente, con los muertos ya no nos valen las disculpas!

Tras sus palabras, continuó caminando hacia donde se encontraban sentadas mis tías. Le vi saludarlas ceremoniosamente y retirarse sin hablar con nadie más. Me quedé bloqueada, tras haber escuchado ese extraño comentario.

Me sacó de mis pensamientos la voz de la tía Beatriz, cuando se me acercó con gesto de cierta preocupación.

—¿Qué te ha dicho el juez Puig? —me preguntó impaciente.

—Nada —le contesté, todavía aturdida por sus palabras.

Después del entierro cenamos las cuatro en silencio. Antes de retirarnos, la tía Celia colocó encima del piano la foto del tío Eduardo. Era como si con ello quisiera devolvérselo a Amalia, después de haberlo hecho suyo durante tantos años de amor clandestino.

A la mañana siguiente tuve la oportunidad de hablar con ella poco antes de salir para la estación. La encontré sentada en el escritorio de su alcoba. Al oírme entrar levantó la vista, me miró a través de sus gafas de aumento y me pidió que me sentara en el escabel que se encontraba a los pies de su cama.

—Debo de contestar a todos los que han mandado notas de pésame. ¡Han sido tantos los telegramas y las muestras de afecto que me consuela enormemente saber cuánto lo querían! —se detuvo para así poder contener mejor la emoción que asomaba en su voz.

No supe qué decir y callé.

Durante unos largos segundos ninguna de las dos dijo nada.

—¡Eres muy testaruda! Pero me alegro de que no me hicieras caso. Sé que a él le ha gustado que vengas. Te quería mucho… ¡Los dos te quisimos desde el primer momento! —y volvió de nuevo a detenerse.

No pudo seguir hablando, porque el llanto ahogó sus palabras.

Cuando se recompuso me preguntó por las clases. Me trató con la misma naturalidad que antes de nuestra dura conversación de finales de verano. Me di cuenta de que esa era su manera de dejar claro que entre nosotras se había hecho de nuevo la paz.

Como no era momento para los reproches, acepté la tregua que me ofrecía, ahora que había hecho su aparición un nuevo personaje en el rompecabezas.

XXXI

Aproveché las tres horas que faltaban hasta la salida del tren para hacer algunas averiguaciones. Me dirigí al Registro Civil y solicité una copia de la partida de matrimonio de mis tíos. La funcionaria no sospechó nada porque este era uno de los muchos documentos que hay que reunir tras el fallecimiento de un familiar.

Mientras esperaba verla aparecer de nuevo detrás del mostrador, seguía pensando que la clave estaba en saber por qué Amalia y Eduardo se habían casado. Y hasta que no descubriera la verdadera razón de aquel matrimonio no llegaría a ninguna conclusión.

—¡Aquí la tienes! Me ha costado trabajo encontrarla porque estaba descolocada. Se ve que alguien antes que tú ha pedido también una copia y mi compañera no la dejó en su sitio —me dijo muy sonriente y satisfecha de su eficiente gestión.

En cuanto la tuve entre mis manos me lancé a su lectura desesperadamente. Me detuve en dos hechos que llamaron mi atención: que figuraran como testigos dos personas del servicio de nuestra casa, en vez de familiares o amigos, y que aquel documento estuviera firmado por el juez Puig.

Se me ocurrió que quizá él pudiera ayudarme y decidí visitarlo sin aviso. Nuestra ciudad es tan pequeña que las distancias no existen. A mitad de camino entre las lúgubres oficinas del Registro y la estación de tren se hallaba la elegante casa que andaba buscando.

Llamé y esperé a que me abrieran, aturdida por mi atrevimiento y sin saber muy bien qué decirle a aquel extraño personaje.

Parecía que me estaban aguardando. El ama que me abrió la puerta no me preguntó nada. Se limitó a invitarme a pasar, señalándome con la mano extendida la dirección que debía seguir.

Una vez dentro de una salita ranciamente decorada, tuve que esperar casi un cuarto de hora hasta que aquel presuntuoso señor extendió sus manos hacia las mías en señal de afectuoso saludo.

—¡No creí que tardara tan poco en volverte a ver, niña! Aunque sabía que tendrías que venir, como ella, porque tú también necesitas mi ayuda… ¡Ponte cómoda!

Mientras hablaba se sentó en un estrecho sofá y, dando golpecitos en el asiento contiguo al que él ocupaba, me instó a sentarme a su lado. Rehusé su invitación y permanecí de pie, pretextando que apenas si tenía tiempo. Aprovechó para mirarme con absoluto descaro. Noté la densidad de su sucia mirada e instintivamente me abroché el abrigo y me volví a colocar los guantes. Sin perder tiempo le pregunté si recordaba que él había firmado el acta matrimonial de mis tíos. Me contestó afirmativamente con la cabeza, mientras seguía escudriñando mi cuerpo. Comencé a sentir un asco profundo y unas incontenibles ganas de salir de allí, pero aguanté, porque estaba segura de que algo sacaría en limpio de sus palabras. Y no me equivoqué.

Según me dijo, el tío Eduardo lo visitó para informarle de que querían una boda secreta, que agilizara los trámites y se acercara a Salvatierra en cuanto tuviera listos los documentos. Y así lo hizo. A primerísima hora del día siguiente se presentó en nuestra casa y los casó en una breve ceremonia, a la que únicamente asistieron, como testigos, dos veteranos criados.

Nada más añadió. Dejó de hablar, sin duda contrariado por el poco caso que yo le estaba haciendo a su vanidad de viejo verde.

Ya en la puerta de aquella asfixiante habitación, me volví y le hice una última pregunta.

—¿Por qué debían de casarse cuanto antes y sin más testigos que dos personas del servicio?

Durante días su respuesta seguiría resonando sin tregua en mi cabeza.

—Porque Amalia estaba esperando un hijo —contestó.

Tras escuchar aquello me pareció que su muerte cobraba un nuevo sesgo, mucho más dramático, y que nuevamente cualquier desenlace volvía a tener sentido.

Me paré un momento a pensar en el tío Eduardo, del que me decepcionó su falta de ética. ¿Cómo pudo traspasar la necesaria distancia que debe existir entre médico y paciente? O quizá fuera ella la que confundiera los sentimientos tan íntimos que compartía con él, con los del amor. Puede que fueran los dos los que, voluntaria o involuntariamente, cruzaron esa frontera. Tal vez Amalia descubriera, al volverlo a ver, de quién estaba realmente enamorada. Y a su vez él se diera cuenta de que acudió a aquella desesperada llamada tan solo por estar a su lado. De pronto imaginé a Celia y su enorme desengaño, ese con el que habría tenido que convivir todos estos años. Pero, de ser así, Amalia y Eduardo no habrían tenido culpa ninguna, porque el amor surge cuando menos se espera y no hay manera de frenarlo si se pone testarudo. Eso, al menos, era lo que yo pensaba en aquellos días en los que tan solo lo imaginaba.

Seguí dándole vueltas a todas aquellas posibilidades y llegué a pensar que ese matrimonio quizá fuera tan solo la manera de ocultar un desliz, una pequeña equivocación, que aunque tuvo una grave consecuencia, no alteró sustancialmente el ritmo de sus respectivas vidas. De ese modo Celia y Eduardo continuarían con su relación, mientras que Amalia habría protegido su honor y el del hijo que esperaba. De ser tal y como estaba imaginando, ¿qué habría pensado Agustín al enterarse en aquella desolada cárcel en la que cumplía tan injusta condena? De nuevo todo se volvía profundamente complicado y yo no sabía dar respuesta a nada.

Cuando más enredada me encontraba en aquellas suposiciones, de golpe recordé algo que el juez Puig comentó al saludarme. Fue algo así como que ella también fue a verle. ¿A quién se refería? Seguramente era Amalia la que habló con él. Aunque no sé por qué me imaginé que también podría tratarse de la tía Celia. Me costaba trabajo creer que algo se hiciera en nuestra casa a sus espaldas. Si alguien había manejado los hilos de mi familia en los últimos años esa era, sin duda alguna, ella. No era de extrañar por tanto que también estuviera implicada en un asunto tan delicado y que le afectaba tan de cerca.

XXXII

Era tal la confusión de ideas que me asaltaban que opté por darme una tregua al respecto.

La tregua duró todo aquel semestre.

Me sentí muy aliviada a medida que fui dejando de pensar en Amalia y en el resto de mi familia. Libre por completo de aquellos neblinosos recuerdos ajenos, me entregué a la mejor de las experiencias: me enamoré perdidamente de un estudiante de Ciencias al que conocí en la biblioteca del campus. Para disgusto de mis tías, ese verano no tenía previsto ir a Salvatierra, ya que Juan y yo habíamos decidido viajar sin apenas dinero por el sur. Nos proponíamos vivir la aventura del viaje, pararíamos a los coches en el camino y buscaríamos trabajos eventuales en las fondas y pensiones en las que nos alojáramos.

Sonaba bien, pero desgraciadamente no resultó. La convivencia nos demostró a los dos que nuestra relación no era tan sólida como pensábamos. Así que regresamos mucho antes de lo previsto, cuando todavía faltaban más de cinco semanas para que comenzaran las clases. El calor de la gran ciudad era tan insoportable como el recordar a Juan a todas horas. Para evitar caer en la tentación de llamarlo y cometer el error de intentarlo de nuevo, decidí pasar el resto del verano con mi familia. Nené se encontraba en Salvatierra y ese era un buen motivo para acercarme hasta allí.

Encontré la casa muy desolada. Quizá debiera decir que eran las tres hermanas las que estaban tan abatidas que acabaron extendiendo por las paredes y los techos de aquellas elegantes habitaciones su propia tristeza. Una tristeza que ni el cuidado mobiliario, ni los balcones llenos de luz pudieron mitigar.

Enseguida descubrí que la tía Celia había dejado de organizar nuestra casa. Según me contó Hortensia, desde que murió el tío Eduardo apenas si salía de su habitación, comía muy poco y no hablaba con nadie. Ya no llevaba las cuentas, ni tampoco se encargaba de las compras. Ahora toda esa responsabilidad recaía exclusivamente en ella porque la tía Beatriz tampoco la podía ayudar, desde que a comienzo de primavera sufrió un severo ataque de ciática. La pobre lo estaba pasando muy mal. Los dolores eran tan insoportables que a duras penas se valía para andar del bastón del abuelo Antonio, el de la cabeza del dragón de los ojos desorbitados. Mi primo había venido con el propósito de convencerla para que se fuera con él a las islas, al menos durante un par de meses. Pero por lo visto no quería ni oír hablar del asunto. La misma tarde de mi llegada, Nené me pidió que la intentara convencer de que aquel otro clima mejoraría notablemente su estado, cuando llegara el otoño a Salvatierra y con él la humedad que subía del río. Apenas comencé a exponerle mis argumentos, que no eran otros que los que momentos antes me había enumerado mi primo, me hizo un expresivo gesto de rechazo con la mano.

—¡Basta, no sigas, es inútil! Ya sé que mi hijo te ha pedido que me convenzas, pero no puedo dejar solas a las tías en estos momentos, y además, no creas que me gusta la idea de volver a aquella casa… ¡A él no puedo decirle estas cosas porque se trata de su padre!

A pesar de la rotundidad de sus palabras, noté que no quería trasladarme una impresión negativa del matrimonio porque continuó hablando del amor en un tono bastante amable. Según ella, aunque no abundaran, había hombres capaces de hacernos felices en todo momento y puso como ejemplo al tío Eduardo, al que dedicó los mejores elogios.

—Lo dejó todo por venir a cuidar de Amalia. Aunque, en realidad, lo que pretendía con ello era volver a estar cerca de Celia. ¡No creo que cuando ella le pidió que se casara con su hermana, muchos hombres hubiesen reaccionado como él!

En ese momento mi tía se dio cuenta del alcance de sus palabras, pero por primera vez no se arrepintió de ellas, sino que continuó hablando con absoluta naturalidad.

—Hortensia y yo tememos que la tía no soporte su ausencia por mucho tiempo. ¡Parece la más fuerte de nosotras, pero en realidad no lo es!

Nuestra conversación quedó interrumpida cuando una de las muchachas de servicio le trajo una bandeja con la cena.

Me alegré al descubrir que yo no andaba descaminada al pensar que Celia había tramado aquel inesperado matrimonio.

Al abandonar el dormitorio de la tía Beatriz, sentí el alivio de saber que a mis tías ya no les interesaba ocultarme la verdad por más tiempo. Y tuve el convencimiento de que muy pronto era bastante probable que supiera dar respuesta a todo aquello que me venía atormentando desde niña.

XXXIII

Mi primo Miguel pasaba muchas horas con su madre. Los dos parecían necesitar de un reencuentro maduro y sereno. Era la primera vez en mucho tiempo que no visitaba Salvatierra acompañado de ninguna pareja y eso contribuyó a crear entre madre e hijo una intimidad muy beneficiosa para la salud de la tía Beatriz, que cada vez caminaba mejor y sentía menos molestias.

En cuanto a Celia, a pesar de la distancia que establecía con los demás, nunca la había visto tan cariñosa y serena como ese primer verano de su viudez. Noté que agradecía mucho que subiera todas las mañanas a su habitación con el pretexto de llevarle el desayuno. Me sonreía tibiamente y compartía conmigo algún que otro recuerdo del tío Eduardo.

En una de esas ocasiones yo le conté lo importante que me sentía siempre que los dos conversábamos a solas, porque notaba que tenía en cuenta mis opiniones y mis juicios como si fueran los de un adulto.

—Sabía escuchar muy bien —replicó serenamente—. Era capaz de ponerse siempre en el lugar del otro, de darle a su interlocutor el espacio que andaba buscando. En su profesión ese rasgo resulta admirable, porque un paciente necesita siempre ser escuchado con toda la delicadeza del mundo.

No pudo continuar hablando, porque las lágrimas se le agolparon en la mirada. Me pidió por gestos que la dejara sola y así lo hice.

La única que no dejaba de moverse por la casa, dedicada a cuidar de todos nosotros, era la tía Hortensia.

Como venía haciendo desde que cumplí los doce años, una tarde la ayudé a preparar su deliciosa mermelada.

—¡No sé para qué la hago este año! Nosotras apenas si la probamos. Era él quien la desayunaba todas las mañanas. ¡Y raro era el día en que no me daba las gracias por ese *premier plaisir du jour* —me confesó mientras las dos nos poníamos a desplegar por la cocina los cacharros que íbamos a necesitar para esa laboriosa y dulce tarea.

Era evidente que todas lo echaban de menos. Aquellas tres mujeres llevaban toda la vida con él. Y él fue siempre consciente de la responsabilidad que suponía cuidar de aquella casa de mujeres solas, a las que se unía la niña que yo fui.

Mientras comenzábamos a pelar la fruta no esperé ni un segundo para preguntarle por qué Celia le había pedido que se casara con Amalia, si era de ella de quien estaba enamorado.

Al igual que hiciera unos días antes la tía Beatriz, tampoco puso esta vez excusas, sino que lentamente comenzó a darme aquellas deseadas explicaciones que llevaba años queriendo conocer.

—¡No tiene sentido seguir ocultándotelo! Ya eres una mujer hecha y derecha y puedes entenderlo —fueron las palabras con las que introdujo aquella confesión.

Comenzó diciéndome algo que yo ya sabía: que Celia y Eduardo se enamoraron ya en Francia y que cuando Amalia y ella regresaron a Salvatierra, mantuvieron su relación por carta. Recordó la impaciencia con la que una apasionada Celia esperaba todas las mañanas al cartero a la entrada de nuestra finca. En una ocasión le confesó que estaba dispuesta a marcharse con él, aunque el abuelo Antonio lo desaprobara y pretendiera impedírselo.

—Incluso Amalia, a pesar de que siempre fue la más díscola, le tenía mucho respeto al abuelo. Todas dependíamos enteramente de sus decisiones. ¡Nos educaron de esa manera! —se detuvo un instante, como si de golpe le vinieran los recuerdos de aquellos años en los que eran unas muchachas llenas de sueños que acabaron rompiéndose—. Celia lo pasó muy mal hasta que vio de nuevo a Eduardo —dijo antes de acabar de trocear las peras que íbamos a cocer en la gran perola, que ya estaba calentándose a fuego lento.

Mientras removía con un cucharón de madera la fruta para que se envolviese con el azúcar, me habló de la recaída de Amalia y de que ese fue el pretexto con el que se atrevió a pedirle que viniera.

—Para él, la carta que Celia le envió fue la señal que estaba esperando para dejarlo todo y correr a su encuentro... Eso no significa que a los dos no les preocupara la salud de Amalia, yo no digo que no fuera así, pero en realidad lo que ellos querían era estar juntos de nuevo y para siempre —se apresuró a aclarar, antes de lanzarse a describir su amor en términos exageradamente conmovedores y apasionados.

Como era la más aficionada de las tres hermanas al sentimentalismo, fue salpicando su relato de arrebatadas y enfáticas expresiones. Aunque, viendo cómo estaba de abatida la tía Celia, no tuve ninguna duda acerca de que la suya fuera realmente una gran historia de amor.

Por fin se fue acercando al momento que yo tanto deseaba conocer. Poco a poco abandonó el tono romántico y exaltado de antes, para pasar a hablar de forma más parca, a veces casi telegráfica. Se notaba que le resultaba muy difícil referirse al abuelo Antonio sin señalar aspectos fundamentales de su personalidad, como eran la soberbia, la prepotencia y ese desprecio que demostraba hacia todos aquellos a los que consideraba inferiores. Pero, por más que le costara un serio esfuerzo, no tuvo más remedio que explicarme la verdadera razón que hizo que Amalia recayera.

XXXIV

Como el verdadero secreto de su exquisita mermelada consistía en que la fruta se cociese a fuego muy lento, hicimos tiempo sentadas en el porche, disfrutando de ese momento del día en el que el calor remite y sube del río una fresca brisa.

Allí, donde tantas veces vi al abuelo Antonio dirigir su vacía mirada hacia aquel misterioso cauce, la tía Hortensia continuó con la parte más interesante del relato.

—Ya sabes lo del robo, así que no tengo por qué insistir en ello —dijo un tanto acalorada, mientras golpeaba con fuerza el abanico hasta desplegarlo y comenzar a agitarlo en el aire con vehemencia.

En ese momento le agradecí que no se detuviera en aquel episodio, que en tan mal lugar dejaba a mi padre.

—Cuando Amalia supo que el abuelo le había pedido a Agustín que se inculpara, por más que protestó y se quejó ante él, no pudo hacer nada por evitarlo. ¡El abuelo tenía mucho genio y no iba a consentir que su hija pequeña le leyera la cartilla!... En realidad, lo que le ocurría a papá era que le preocupaba que trascendiera aquel feo episodio y que la reputación de nuestra familia se viniera abajo. ¡Y pagó toda su rabia con la pobre Amalia! —me miró durante un instante, buscando mi reacción a sus palabras.

Aunque no me pronuncié delante de ella, desde que lo supe por boca de la tía Celia aquello me pareció una vileza. Si el abuelo Antonio hubiese sido honesto, hubiera obligado a su hijo a que se responsabilizara de sus actos, aunque con ello el buen nombre de los Salvatierra saltara por los aires, hecho añicos. Pero obligar a un joven inocente a cargar con las culpas de un señorito ocioso y consentido era, a mi juicio, una absoluta canallada. Una de las muchas canalladas que creo que estaba acostumbrado a cometer impunemente, como seguramente hicieran todos los anteriores Antonio Salvatierra.

Procuré dejar de lado mi enfado para centrarme en lo que me estaba contando, en aquel lugar que tanto me recordaba al abuelo Antonio.

—Aunque todo lo tuviera perdido de antemano, Amalia se enfrentó a la autoridad de nuestro padre y le confesó abiertamente que estaba enamorada de Agustín y que los dos habían planeando marcharse a vivir muy lejos de Salvatierra… ¡Papá estuvo a punto de sufrir un colapso! Se llevó la mano al pecho y durante unos interminables segundos intentó tomar aire sin éxito. Cuando se recuperó, me mandó que la acompañara hasta su habitación y que evitara que saliera de ella bajo ningún concepto.

—¿La encerró? —me atreví a preguntarle, sorprendida de nuevo por las maneras despóticas del abuelo Antonio.

—¿Qué querías que hiciera, si Amalia estaba fuera de sí y amenazaba con publicarlo a los cuatro vientos? —contestó mi tía enérgicamente, como si con ello le diera la razón a su padre en ese punto de la historia.

Al ver su reacción, pensé que era mejor no volver a intervenir. Así evitaría el riesgo de que mis opiniones la contrariasen y decidiese no seguir hablando.

—Eduardo tardó solo tres días en llegar y con él se instaló en nuestra casa la calma. Se entrevistó con Amalia durante largas horas y consiguió que ella se tranquilizase. Aplacó también al abuelo, con esa serenidad tan suya a la hora de dar argumentos. ¿Te acuerdas de lo elegante que era al hablar? —se detuvo buscando mi respuesta.

Yo asentí varias veces con la cabeza, para no interrumpirla con palabras.

—Amalia se animó mucho cuando Eduardo le aseguró que todo se solucionaría en un par de meses. Ese era, al menos, el plazo que el juez Puig le había dado a papá para sacar a ese inocente muchacho de la cárcel. Pero lo que entonces no sabíamos ninguno de nosotros era que el abuelo, en cuanto se enteró de los planes de fuga de la pareja, convenció a Puig para que aumentara la condena del pobre Agustín y lo tuviera un par de años entre rejas. El tiempo que él calculaba que necesitaba su tozuda hija para olvidar a aquel patán, con el que no le iba a permitir de ningún modo que se fugara.

—¡Cómo pudo ser tan cruel! —esta vez sí que no pude callarme y me daba igual si a Hortensia le ofendía que hablara así de su padre.

Ante mi sorpresa no me respondió la mujer un tanto aniñada y simplona que yo conocía, sino que se despertó en ella una mujer herida, profundamente herida.

—¡Llevas mucha razón! Yo todavía no he llegado a entender qué consiguió mi padre al hacernos a todos tan infelices.

El dulce olor que llegó hasta nosotras nos hizo regresar a la cocina con urgencia para evitar que se pegara la perola donde se había cocido la fruta.

Pensé en todos ellos, los cinco hermanos Salvatierra, y en sus desafortunadas vidas. Beatriz, casada a disgusto con aquel desequilibrado. Mi padre, huyendo de la peor forma posible de ese destino que habían preparado forzosamente para él. Hortensia, obligada por las buenas costumbres a dejar que se marchara para siempre aquel muchacho que la cortejaba. Amalia y sus dramáticos desenlaces. Y quedaba Celia, que dejó que fuera su hermana la que se casara con el hombre al que ella tanto amaba.

XXXV

De nuevo en la cocina, la tía Hortensia continuó con su relato, mientras removía con atenta precisión la dulce pasta en la que se habían convertido las peras.

—Lo del matrimonio fue una idea que se le ocurrió a Celia para evitar que Agustín siguiera en la cárcel. Si el abuelo se convencía de que su hija ya no lo amaba, no le importaría que el juez Puig lo pusiera en libertad. ¿Y qué mejor manera de dejar de amar a alguien que casándote con otro?

De la profunda impresión que me produjeron sus palabras, apenas si pude reaccionar. ¿Celia había sido capaz de actuar así? Me di cuenta de que no conocía en absoluto a aquella mujer, a la que había juzgado tan duramente a lo largo de mi vida y de la que había sospechado los peores crímenes y que ahora se descolgaba con esta sorprendente y generosa renuncia. Aunque lo que más me sorprendió de la declaración de la tía Hortensia fue que en ningún momento hubiese aludido al embarazo de Amalia. Puede que no fuera más que el pretexto que utilizó Eduardo para justificar aquel precipitado matrimonio ante el juez Puig.

De nuevo volvía a suceder lo que siempre ocurría cuando me acercaba a un desenlace. Era como si la verdad fuera resbalando como aquella mermelada que estábamos vertiendo en distintos botes de cristal y en cada uno de ellos adoptara una forma diferente. No obstante, intenté llevar a mi tía a un callejón sin salida que le hiciese confesar la verdadera razón de aquel matrimonio.

—¿Pero no era quizá una solución muy complicada? ¿Cómo iban luego a retomar sus respectivas relaciones las dos parejas? —pregunté haciéndome la sorprendida.

Su mirada se iluminó, convencida sin duda de que el argumento que iba a emplear era de todo punto aplastante.

—¡Celia lo tenía todo previsto! Pasados unos meses, se divorciarían alegando alguna causa médica que Eduardo podría muy bien justificar. Y una vez libres los dos, se marcharían lejos de Salvatierra y de los prejuicios de esta estúpida sociedad de gentes provincianas y aburridas —a través de sus palabras volvió a surgir una desconocida Hortensia, reivindicativa y rebelde.

Decididamente, mis tías eran una caja de sorpresas constante. Nada en ellas parecía ser como yo había pensado durante todos estos años.

—¿Y Celia y Eduardo?... Ellos saldrían perdiendo, porque aquí no se podrían casar sin despertar las críticas y los comentarios —insistí, convencida de que era un despropósito aquella solución que mi tía intentaba justificar a toda costa.

—Para ellos también existía la posibilidad de marcharse. Ten en cuenta que Eduardo vino con la idea de llevarse consigo a Celia. Entre sus planes no estaba el de quedarse a vivir en Salvatierra... ¿Te das cuenta de lo imprevisible que es la vida?... ¡Acércame el cucharón!

—¿Y qué pasó para que ella tomara esa terrible decisión, si todo estaba tan bien calculado? —pregunté con un hilo de voz.

Así, suspendida, permanecí durante los instantes previos a que su voz, convertida en un susurro, volviera a escucharse.

—Amalia perdió la razón cuando Agustín la dejó de amar. Por lo visto en la prisión sus sentimientos se enfriaron o quizá malinterpretó ese fingido matrimonio y antes de que se lo pudieran explicar se sintió tan despechado, que optó por desaparecer de estas tierras sin dejar rastro. ¡Y no me extraña que le pudiera el resentimiento hacia los Salvatierra por todo el daño que entre unos y otros le hicimos! El caso es que Amalia no soportó su rechazo y una tarde... ¡Dios mío, pobre niña! Yo no estaba aquí. Todo lo sé por lo que me contó Celia.

Comenzó a llorar casi sin querer hacerlo, pero también sin poder evitarlo. Esta vez no quise dejarme llevar por la emoción que parecía golpearla siempre que llegaba a este punto y la seguí interrogando.

—¿Por qué Celia y Eduardo no se casaron después del luto?

—Cuando no aparece el cuerpo de la persona desaparecida, pasan muchos años hasta que se declara oficialmente su muerte. Y después ya se hizo demasiado tarde para que a los dos les mereciera la pena.

La tía Hortensia continuó hablando, sin que hiciera falta que yo le preguntara.

Me contó que al poco tiempo llegó la noticia de que mi padre había muerto y que, afortunadamente, pocas semanas después el tío Eduardo apareció conmigo, tras localizarme en el hospicio en el que mi madre me había entregado.

Me quedé paralizada al oír estas últimas palabras, con las que de nuevo asistía a otra variación sobre mi vida. En la versión que escuché de labios de la tía Celia, fue un sacerdote el que me trajo recién nacida a Salvatierra y, en cambio, en este nuevo relato era más tarde cuando dieron conmigo.

De golpe descubrí que no estaba preparada para conocer mi verdadera historia, tal vez porque la intuía mucho más dramática de lo que ya era. Después de haber vivido durante años instalada en el débil argumento de una novelita juvenil, tuve que enfrentarme al duro retrato de mi padre y a renglón seguido a su trágico final. Y ahora mi madre se convertía en una pobre muchacha, que no supo qué hacer conmigo. Incluso puede que no estuviera muerta, como me había dicho Celia, porque, en el relato de Hortensia, tan solo se daba por hecho que me había entregado a un orfanato.

No pude más. Dejé lo que estaba haciendo y volví a salir precipitadamente de la cocina, como había ocurrido el verano anterior, cuando también ayudaba a mi tía con la mermelada. La frescura del jardín me consoló. Estaba comenzando a anochecer y aquellas sombras que me envolvían me parecieron una perfecta metáfora de mi desconocida historia personal.

A este nuevo desconcierto se unía el que seguía sin saber por qué Hortensia no me había hablado del embarazo de su hermana. ¿Qué habría sido de aquella criatura? Esa podría ser la causa de su silencio: el no querer aludir al triste hecho de que la decisión de Amalia hubiera acabado también con la vida de ese inocente.

¡Nada de todo aquello tenía sentido alguno!

XXXVI

Esta vez la tía Hortensia no esperó a que yo regresara. Apareció con un chal extendido en las manos y me cubrió los hombros con él.

—Si vas a quedarte aquí un rato más es mejor que te abrigues, porque ya va refrescando. ¡Es lo que tiene esta tierra, que el verano se termina antes de que acabe agosto! —se volvió con intención de regresar a la casa.

—¡No te vayas! —le supliqué, antes de abrazarme a ella y comenzar a llorar desconsoladamente.

No era esta una reacción propia de mí, pero en ese momento sentí la necesidad de desahogarme de ese modo. Hortensia debió de pensar que mi actitud provenía del impacto que me habían causado sus revelaciones, pero yo sabía muy bien que tenía que ver exclusivamente conmigo y con la sensación que siempre tuve de huérfana, de niña sola que a nadie importaba. ¡Cuánto daño me habían hecho el abuelo Antonio con sus desprecios y la tía Celia con sus rigores! Esa mujer, que ahora se mostraba un poco más dulce y serena, había vivido siempre en tensión, nerviosa, acechante, como si una amenaza se cerniera sobre ella y también sobre mí. Y de pronto, con la muerte del tío Eduardo todo cambió. Todas habían bajado la guardia y se manifestaban distintas y cercanas, como si hubiesen desaparecido de golpe las pesadumbres y el miedo que las tenía atrapadas.

Me costaba trabajo, habiéndolo conocido y sabiendo cómo era, pensar que fuese el tío Eduardo el que hubiera provocado en ellas tanta desazón. Lo más probable fuera que, tras su muerte, se sintieran vencidas, como si la vida les hubiese ganado la partida y ya no hubiese más que esperar el final. Aquella certeza las obligaba a pasarme el testigo y con ello a ponerme al tanto de todos esos oscuros secretos que se habían empeñado en guardar tan celosamente durante años.

Dejé de golpe de llorar cuando comprendí que no me podía ir de Salvatierra sin aclarar lo que había ocurrido realmente conmigo. Así que le pedí a la tía Hortensia que me acompañara hasta la habitación de Celia y una vez allí, con las dos mirándome desconcertadas por la solemnidad que yo le estaba dando a ese improvisado encuentro, les pregunté y una vez más esperé a que me respondieran.

La única que lo hizo fue Celia, porque Hortensia se quedó más bien desconcertada ante mis palabras.

—Las dos versiones se complementan, porque las dos escenas se produjeron. Cuando Amalia desapareció, en esos primeros días en los que la angustia se hacía insoportable y empezábamos a temernos lo peor, nos visitó un sacerdote del valle contigo en el regazo. Nos contó que tu madre en su lecho de muerte le había pedido que te entregara al hospicio y que él, antes de cumplir su última voluntad, quiso que supiéramos de tu existencia. Eduardo se encargó de acompañar al sacerdote hasta la institución en la que ingresaste. Habló con el director y acordaron que antes de que cumplieras seis meses te iría a recoger. ¡La verdad es que fue un alivio que en ese momento no te quedaras con nosotros, porque los días siguientes, incluso los primeros meses, fueron un infierno! —exclamó mirando a su hermana en tono de disculpa—. Eduardo y yo mantuvimos en secreto el asunto para que no nos juzgarais equivocadamente. Pero dos meses antes de que se cumpliera el plazo acordado —ahora había vuelto a dirigir hacia mí su mirada— nos llegó noticia de la muerte de tu padre e inmediatamente tu tío fue a buscarte. De ese modo tu padre, que ni siquiera llegó a tener noticia de tu existencia, adquiría tras su muerte visibilidad en este asunto. ¡Ten en cuenta que eres una Salvatierra y para nosotros era muy importante que no se pusiera en ningún momento en duda!

Cuando dejó de hablar me dieron ganas de ahogarla allí mismo con mis propias manos, al ver que de nuevo tenía ante mí a la misma mujer de siempre, calculadora y fría, que no sé muy bien por qué se había empeñado en jugar a su antojo con las vidas de todos nosotros.

XXXVII

Nada había cambiado.

Volvía a estar como siempre, envuelta en un mar de dudas. Hortensia resultó una informante pésima. No había estado aquí cuando sucedieron los hechos y todo lo que sabía era lo que le había contado Celia. Por eso ni siquiera estaba al tanto del embarazo de Amalia. Pero lo que más dolor me había causado era saber que vengo de la nada más absoluta. Me recogieron mis tíos, como me podían haber dejado en aquella institución en la que pasé mi primer medio año de vida. El abuelo Antonio me ignoraba con razón porque yo no era nadie. Nunca lo fui y quizá nunca lo sería. Venía del encuentro casual y previsiblemente forzado del hijo del amo con la criadita. ¡Mi padre murió sin saber que tenía una hija! Y en cuanto a mi madre, ni siquiera podía descartar que estuviera viva. ¡Quién sabe si quizá hubiese formado una familia y tuviera unos cuantos hijos, a los que seguramente no habría abandonado!

Y mientras tanto, Celia seguía empeñada en privarme de mi historia. Pero no solo me la negaba a mí, sino que a sus hermanas las tenía completamente engañadas con respecto a las verdaderas razones que hicieron que Amalia se casara con Eduardo. ¿En qué cabeza cabe solucionar un asunto tan serio, creando un problema aún mayor? Llegué a pensar que Hortensia y Beatriz en realidad disimulaban, pero que en absoluto se creían las mentiras de Celia. Ahora que el tío Eduardo había muerto, ella era la única que podría desvelarnos la verdad, pero desgraciadamente no confiaba en que lo hiciera. Por eso, aunque me resultara profundamente desagradable, no me quedaba más remedio que recurrir a la única persona que quizá me podría ayudar a arrojar luz sobre este asunto.

Volví a llamar a aquella elegante puerta cuando me faltaban unas horas para tomar el tren de regreso a la universidad. Elegí un vestido bastante vaporoso y me maquillé las mejillas y los labios. Recuerdo que, al despedirme de mis tías, Beatriz me había comentado que ese vestido no era nada cómodo para las casi ocho horas de tren que me esperaban.

—¡Es verdad! —apostilló Hortensia mirándome de arriba abajo—. ¿Por qué no te has puesto algo más oportuno?

No sé qué les dije para salir del paso. De sobra sabía yo que no era el mejor atuendo para viajar, pero sí para mi entrevista con el juez Puig, que se deshizo en halagos y piropos en cuanto me vio sentadita en el incómodo sofá de dos plazas en el que le aguardaba.

En esta segunda ocasión soporté la lascivia de sus miradas con tal de saber algo más.

—¡Ella era más cariñosa que tú! —me dijo a modo de reproche, al ver que le prohibía que me tocara las rodillas.

Cuando le pregunté qué quería decir con aquello me dio a entender que Amalia y él habían tenido una fugaz relación.

No le di la oportunidad de continuar hablando. Abandoné sin despedirme aquella habitación y salí corriendo hacia la calle.

Ya en el tren, no podía quitarme de la cabeza el asco que me producía recordar todas las obscenidades sobre la tía Amalia que aquel viejo lujurioso me había hecho imaginar.

En el caso de que aquello fuera cierto. Que ella hubiese mantenido una relación con él, lo único que lo podría justificar era sin duda el que Amalia estuviera realmente trastornada. ¡Enamorada de Agustín, amante furtiva del juez Puig y esposa de Eduardo en menos de tres meses!

Cuando el tren se detuvo en la siguiente estación me bajé y cambié de andén.

XXXVIII

Lo primero que pensaron Beatriz y Hortensia al verme aparecer al día siguiente fue que había tenido un accidente. Mi aspecto no debía de ser muy bueno después de haber dormido toda la noche en un banco, en espera del expreso que pasaba a primera hora en dirección a Salvatierra. No me detuve mucho en darles explicaciones, simplemente me limité a decirles que tenía que hablar urgentemente con la tía Celia. Debieron de notar por mi gesto que nada podría detenerme porque inmediatamente se hicieron a un lado, mientras yo comenzaba a subir en dirección al primer piso. En mi ascenso no las miré, pero intuí que ellas no me quitaban los ojos de encima, como si estuvieran viendo a un aparecido o algo peor.

No llamé a la puerta. La abrí enérgicamente y me la encontré sentada en la cama leyendo. Retiró la vista del libro, se despojó de sus lentes y me miró como si llevara toda la noche esperándome.

—¿De verdad quieres saberlo? —me espetó, mientras mantenía su mirada fija en mí.

No hice ningún gesto. Permanecí allí, de pie.

Tras invitarme a que me sentara, comenzó a hablar.

—Amalia y yo estuvimos siempre muy unidas. ¡A pesar de que tan solo era cinco años mayor que ella no sé por qué me sentía como su madre!... Protegerla era para mí lo más importante. Y eso fue lo que hice siempre... Por su parte, ella respondía comportándose hacia mí como lo haría una hija. Si se caía o se hacía daño enseguida me buscaba para que yo la curara. Cuando tenía miedo por la noche, solo quería que fuera yo a su cama, porque conmigo era con la única con la que se tranquilizaba. Aquello no era del agrado de nuestra tía, que comenzó a mostrar hacia ella una cierta antipatía. Si no, no se explica que siempre fuera con el cuento a nuestro padre de lo díscola y rebelde que era aquella niña. ¡Amalia no se deja gobernar! era su frase favorita. Cuando fuimos a Francia se atrevió a contarme muchos detalles que yo desconocía. Por lo visto nuestra tía aprovechaba las ocasiones en las que nadie la oía para decirle que era la culpable de que nuestra madre hubiese muerto. También le decía cosas más inentendibles para una niña como que su hermano y su cuñada lo tenían que haber pensado mejor, antes de seguir trayendo hijos al mundo. ¡Hasta se atrevió a decirle en un par de ocasiones que tendría que haber muerto ella en lugar de mamá porque así no se hubiesen quedado sus cuatro hermanos huérfanos!... Tampoco recibió un trato muy cariñoso por parte de papá, creo que él también la culpaba, aunque fuera inconscientemente, de la muerte de su mama!... Unos pocos días antes de nuestro viaje, papá se enfadó de tal modo con su hermana que la echó de Salvatierra —Celia calló por un instante, en el que noté que sus labios se crisparon, concentrados como estaban en revivir para mí esos amargos recuerdos—. ¡No debe de extrañarnos que el abuelo se dejara llevar por los insidiosos comentarios que constantemente su hermana le hacía acerca de *aquella niña tan ingobernable*!... Su perversidad llegó al extremo de culparla, incluso, de la extraviada conducta de tu padre. *«Amalia es la que le incita y provoca... ¡Si no fuera por esta niña, Antonio sería mucho más formal»*, eran sus frases favoritas. Desgraciadamente llegó un momento en el que los pocos años que nos separaban nos distanciaron. Cuando ella todavía no había cumplido los diez, yo ya era una muchacha que comenzaba a ir a sus primeros bailes de sociedad.En aquella época Amalia comenzó a jugar con tu padre y con Agustín. A pesar de su aspecto delicado, era muy fuerte y sabía mejor que ellos nadar y subirse a los árboles. También era la más hábil a la hora de fabricar trampas para pájaros o cazar a mano las ranas de las charcas. ¡Se volvió una pequeña salvaje, a la que ninguno de nosotros prestábamos la más mínima atención! Con Agustín, me llegó a decir que era con la única persona con la que no tenía miedo a nada. Lo consideraba el ser más noble que había conocido.

Celia se detuvo, quizá agotada del esfuerzo que le había supuesto tan intensa y extensa exposición. Yo también me sentía exhausta, no solo por las horas que llevaba sin dormir y la pegajosa sensación que me habían dejado en la piel las palabras del juez Puig, sino porque nunca me había sentido tan cerca de Amalia como a través de lo que acababa de escuchar.

—¿Qué pasó para que el abuelo Antonio expulsara de Salvatierra a su hermana? —me atreví a preguntar para obligarla a retomar el hilo de su relato.

—La noche en la que los dos se perdieron en el río nuestro padre acusó a la tía Celia de no haber estado atenta a lo que estaba sucediendo entre Amalia y el hijo de Bernardo. ¡Afortunadamente todo quedó en una chiquillada, aunque les pudo costar la vida! Decidieron fugarse en un viejo bote y cuando iban por la parte más crecida del río, aquellas tablas carcomidas comenzaron a hacer aguas y poco a poco fueron hundiéndose. ¡Menos mal que los dos sabían nadar muy bien y no le tenían miedo al agua! A duras penas, llegaron a la orilla y allí permanecieron toda la noche acurrucados entre unos matorrales, sin atreverse a contestar cuando los hombres que iniciaron la batida decían sus nombres.

Como observó que yo estaba dando cabezadas, Celia se detuvo al llegar a este decisivo punto de su confesión. Al no oír su voz me sobresalté y abrí bruscamente los ojos. En realidad no me llegué a quedar del todo dormida, sino que al hilo de sus palabras había ido imaginando, casi en sueños, a Amalia y Agustín escondidos en la ribera del río, tal y como ella lo había recogido en el diario.

—¡Dios mío, niña, estás agotada! Esta tarde te prometo que seguiremos hablando, pero ahora vete a dormir que lo necesitas —exclamó mi tía, dejando entrever una cierta dosis de afecto hacia mí.

Le hice caso. Por primera vez no dudé de que aquella tarde acabaría conociendo la verdad de Amalia.

XXXIX

Me desperté cuando ya había anochecido.

Las muchas horas que habían transcurrido desde que seguí el consejo de la tía Celia no me habían procurado un sueño reparador. Recordé de forma vaga que había estado luchando desesperadamente por desasirme de unas pegajosas algas en las que permanecía enredada. Actuaban como vigorosos brazos que me quisieran llevar hacia el fondo de un negro río. Mientras tanto en la orilla se encontraba una sonriente Amalia, que correteaba por la ribera perseguida por un muchacho moreno al que, a pesar de no verle el rostro, identifiqué como Agustín. Por más que les gritaba desesperadamente pidiendo auxilio, ellos no me hacían ningún caso.

—¡Llevas toda la tarde dormida y no te hemos querido despertar! La tía Celia ya está descansando. Mañana espera verte a primera hora. Te he preparado esta bandeja, porque me imagino que estarás muerta de hambre —me dijo una desconocida tía Hortensia, cuando entró en mi habitación.

No la reconocí en esos movimientos tan sigilosos, ni en su cabizbaja mirada, ni por supuesto en la falta de confianza que demostraba al hablarme, como si yo fuera una perfecta desconocida.

—¿Qué te pasa que estás tan rara conmigo? —me vi obligada a preguntarle.

La pobre Hortensia se derrumbó al oírme y comenzó a lloriquear de una forma un tanto ridícula. Me explicó que no le gustaba mi comportamiento, que, a su juicio, me estaba obsesionando demasiado y que no debía de seguir por esos derroteros. Según ella, lo mejor sería que regresara mañana mismo a mis clases y a mi vida, porque en Salvatierra lo único que iba encontrar era tristeza, mucha tristeza.

Ya cuando se iba, se detuvo en la puerta y añadió en un tono bastante reprobador.

—Hace un rato ha llamado el juez Puig para decirnos que ayer lo visitaste y fuiste muy impertinente con él. ¡Lamentaba mucho el haberte tenido que echar de su casa, pero no podía dejar que tú lo siguieras ofendiendo tan gravemente!

No esperó a que yo respondiera, dando con ello por hecho que creía a pie juntillas aquella infame versión de nuestra entrevista. Al salir cerró la puerta con el sigilo con el que se abandona la habitación de un enfermo.

Me lancé a la bandeja con fruición, porque hacía más de día y medio que no probaba bocado.

Todavía con la boca llena, me dirigí a mi equipaje y saqué de una de las carpetas el diario de Amalia. Quería saber si en él se recogía alguna mención a sus entrevistas privadas con Puig. De ser así tendría que figurar en las últimas páginas.

A veces hay que portarse mal para actuar bien.

Esa frase quedaba aislada en mitad de una página, sin que tuviera principio ni continuación. En esta última parte del diario eran frecuentes ese tipo de deslavazados textos, que quizá obedecían a la incapacidad de Amalia para organizar sus ideas de una forma coherente en momentos de tanta angustia y confusión.

Agua, para limpiar todo lo que está sucio.

Decididamente estas sentencias podían significar cualquier cosa, por lo que no era capaz de ver en ellas claramente la huella de su vergonzosa relación con el juez Puig. Teniendo en cuenta la falta de escrúpulos con los que había mentido a mis tías para evitar que yo le acusara ante ellas de los abusos que quiso cometer conmigo, se podía esperar cualquier cosa de aquel hombre. No era descabellado pensar que se dedicara a acosarla desde que vio que la hija menor de su amigo Salvatierra se había convertido en una preciosa muchacha. Incluso pudo encontrar la ocasión para dar al traste con su constante rechazo después de dictar esa sentencia, tan dura como injusta, contra Agustín. Un hombre de su calaña pudo proponerle ciertos favores, a cambio de una sustancial rebaja de la condena. Y Amalia, en ese caso, podría haber escrito en su diario esas dos descolgadas frases como respuesta.

Volví a leerlas y la segunda, directamente, me llevó a la imagen del río e inevitablemente pensé en la posibilidad de que para ella allí estuviera la fatal solución a sus problemas. De nuevo se agolpaban en mi pobre cabeza todos los posibles desenlaces de su vida sin que ninguno, como siempre, me convenciera más que los demás.

Me detuve un instante a pensar en la recomendación que me acababa de hacer la tía Hortensia, porque quizá estuviera en lo cierto y a mí se me había ido de las manos todo este asunto. Y mis preocupadas tías habrían comenzado a actuar conmigo del mismo modo en que se hace con una persona a la que la obsesión la está enfermando. De ahí que Celia se hubiese brindado a darme todo tipo de explicaciones, para con ello tranquilizarme y así evitar que me alterara más de la cuenta. Comencé a sentir que esta cuestión había dejado de ser un juego detectivesco.

Nunca hasta entonces había pensado en acercarme al río y ahora, de golpe, necesitaba oír sus tibios latidos más de cerca. Abrí de par en par las ventanas del balcón de mi dormitorio y me asomé a la intensa claridad de aquella cálida noche de luna. A lo lejos se le veía, como un plateado espejo entre la oscuridad de los álamos. Tuve la irremediable necesidad de acompasar mi respiración a la suya y decidí esperar a que la casa se quedara en silencio para ir a su encuentro.

XL

Mientras avanzaba por el jardín en dirección a la verja sentí el frescor de la noche y pensé en la desnudez que me procuraban el camisón y mis pies descalzos. Me recorrió un escalofrío cuando comencé a bajar la ladera que llevaba hasta el borde del cauce. La humedad me hacía tiritar. Mis pasos se enredaban entre las ramas de los arbustos, que poco a poco iban siendo más abundantes. Cada vez me costaba más trabajo caminar, porque notaba mis pies heridos. Por fin llegué a la orilla y me dejé resbalar por su costado hasta que, una vez sentada, conseguí introducirlos en el agua y lavar la sangre que corría por ellos.

Allí detenida, descubrí todo mi cuerpo iluminado por la luna.

Comencé a seguir con la mirada todos aquellos espejitos que componían la superficie del agua mientras avanzaban ordenadamente hacia la densa oscuridad cargada de rumores que se dibujaba a lo lejos. Poco a poco fui sintiendo la necesidad de adentrarme en aquellas serenas aguas que parecían llamarme. En esos momentos creí entender a Amalia. No dudé de que aquel fuera su verdadero desenlace, al pensar que quizá también era el mío. Comencé a imaginarme convertida en esa mancha blanca que había visto deslizarse río abajo en aquella película y me dio miedo de seguir allí un instante más, bajo aquella luz lunar que me estaba atrapando sin remedio.

Todavía hubo un momento más de confusión cuando pensé que todo era realmente un sueño y que si me dejaba llevar por las aguas del río no me pasaría nada, porque al final acabaría despertando en el abrigo de mi cama. Creo que fue el frio el que me hizo de golpe reaccionar. Saqué los pies del agua e intenté torpemente ascender hasta la ladera. Me costó conseguirlo. Y aquel último esfuerzo me dejó tan exhausta que perdí la consciencia. Entré en un sueño extraño en el que me veía dormida en la ribera. A pesar de que tenía los ojos cerrados y no podía verla, sabía que allí delante tenía a Amalia, con su vestido de flores amarillas, mirándome sin decir nada. Por más que me empeñaba en abrir los ojos, no lo conseguía. Quería mover los brazos y las piernas, pero los notaba clavados a la tierra. Intentaba hablar, sin que ningún sonido saliera de mi garganta. La angustia iba en aumento hasta que comencé a escuchar unas voces apresuradas y nerviosas que gritaban alrededor de mí. Lo primero que sentí fue el parpadeo de unas luces intermitentes y la incómoda sacudida que supuso que unos brazos fuertes levantaran en vilo mi cuerpo.

Ya en el hospital, comencé a darme cuenta de lo que había sucedido.

Fue la tía Beatriz la que se quedó conmigo durante los días en los que permanecí ingresada. Como allí había trabajado el tío Eduardo, el director le permitió que durmiera en una cama contigua a la mía. Y allí estuvo, sin apenas moverse de mi lado, sin proferir ningún reproche y sin soltar ninguna lágrima. Fuerte y recia, atenta y amable, Beatriz me condujo poco a poco de regreso. En medio del delirio, de la fiebre y del sudor frío yo me fui aferrando a sus delicadas manos, hasta que abrí los ojos y pude hablar.

Tras la reunión que mantuvieron mis tías con el equipo médico, se llegó a la conclusión de que durante algún tiempo yo debía alejarme de Salvatierra. Aquel lugar no ayudaría a mi recuperación, sino que por el contrario me haría recaer en mis obsesiones. Según el psiquiatra que me entrevistó en numerosas ocasiones durante el tiempo en el que estuve ingresada, en mi se había arraigado una fuerte tendencia a imitar la conducta de la tía Amalia. Aunque no era muy frecuente, se trataba de un trastorno muy ligado a personas que no han desarrollado su propio ego y se acogen al de otra, a la que admiran, procurando imitarlos en todo. En mi caso, había llegado al extremo de querer incluso imitar su muerte.

Tampoco pensaban que fuera conveniente que retomara inmediatamente mis estudios. Sabían, porque yo se lo conté a los médicos, de mi reciente ruptura sentimental y pensaban que vivir sola, en una gran ciudad, sometida a la presión de los exámenes y de las notas, y con Juan tan cerca, podía llevarme de nuevo a una crisis.

Fue a Beatriz a la que se le ocurrió la solución que todos andaban buscando. A pesar de lo difícil y amargo que era para ella el regreso a aquella casa, les propuso a sus hermanas pasar conmigo todo el otoño en las islas.

Antes de que me dieran el alta, ya estaba avisado Nené de nuestra llegada y comprados los dos pasajes de barco.

CUADERNO ROJO

I

En la cárcel desaparece el tiempo. No hay pasado ni futuro, tan solo un obsesivo presente de veinticuatro horas, en las que todo se sucede siempre de igual manera, hasta en los más pequeños detalles. Llega un momento en el que se actúa de forma mecánica a la hora de solventar los pormenores de ese eterno día repetido infinitamente. Nunca hay ninguna decisión que tomar. Lejos queda esa primera elección de la mañana acerca de la ropa que vas a vestir y que de alguna manera te predispone ante un nuevo día, en el que cabe la sorpresa o el accidente. Nada que merezca ser tenido en cuenta sucede dentro de sus altos muros, más allá del instintivo afán de supervivencia. En ese aspecto debo de reconocer que he tenido suerte, porque somos muy pocas las reclusas que habitamos el módulo cuatro. Me mantengo al margen de sus disputas y ellas no se meten conmigo desde que, a poco de llegar, se corrió la voz de que era una protegida de los mandos. En todo este tiempo no las he sacado de su error, incluso lo he alimentado siempre que he podido.

Gracias a que me dejan tener libros en la celda he podido sobrevivir todo este destiempo. Prohibirme los libros es el castigo que me han infligido con más frecuencia, porque saben que es lo que más daño me puede hacer, incluso más que el calabozo o el ayuno. En una ocasión me tuvieron sin ellos durante un par de meses y creí volverme loca. A partir de entonces me porto bien, muy bien, extremadamente bien. No cabe duda de que he aprendido la lección.

Desde que comencé con el encargo tengo también una máquina de escribir. La uso a lo largo de la mañana y por la tarde me dedico exclusivamente a leer. Como me asignan el papel semanalmente, si no ando con cuidado puedo agotar las diez cuartillas que me corresponden mucho antes de que llegue el domingo y no me gusta dejar de oír el ruido de las teclas mientras convierto mis recuerdos en palabras. Por eso decidí escribir mi historia a golpes cortos. Exactamente tardé cuarenta semanas, el mismo tiempo que suele durar un embarazo.

Nada más redactar los tres o cuatro primeros capítulos me alegré de haber aceptado la propuesta que me hizo una revista de investigación criminal. Según parece, sigue interesando mi caso. La enorme publicidad que se le dio, tanto al suceso como al juicio, debe de ser lo que ha hecho que la gente no se haya olvidado de mí, a pesar de que ya hace más de ocho años de todo aquello.

Como por entonces yo no pude leer nada de lo que apareció en los distintos diarios nacionales e incluso de fuera de nuestras fronteras, el editor pensó que escribiría mejor mi historia si conocía de antemano las mentiras —en palabras de él, «las inexactitudes»— que se publicaron.

Leyendo aquellos reportajes pude constatar que no solo los miembros del tribunal, sino que también los periodistas de la crónica negra, relevaron notablemente a la tía Celia en eso de inventarse mi vida. Las diferentes Amalias Salvatierra con las que me fui encontrando, me resultaban unas perfectas desconocidas. ¡Ni siquiera conseguía reconocerme en las fotos que me sacaron durante el juicio!

—No quiero contar nada... Tampoco busco que se me perdone. Ya he sido juzgada y estoy cumpliendo condena. No le debo nada a nadie. ¡Déjenme en paz! —fue la contestación que le di al tipo de la editorial.

Mi negativa, reiterada varias veces, le obligó —sin que esa fuera mi intención— a ir subiendo sustancialmente su oferta económica. Gracias a ese cheque, que se me entregará cuando salga de prisión, podré comenzar una nueva vida. Eso es al menos lo que espero, cuando no me dejo vencer por la angustia y el miedo a que nada acabe teniendo sentido.

Hace un par de semanas les hice llegar el manuscrito de cuarenta capítulos, con una breve nota en la que les dejaba claro que aquello era todo lo que quería contar, que el resto de la historia ya lo conocían los lectores y que no tenía mucho sentido que yo añadiese nada a lo que ya habían dicho tantos expertos juristas, criminalistas, psiquiatras y demás fauna periodística.

El equipo editorial no tardó ni una hora en hacerme llegar, a través de la directora de la prisión, su descontento. Según decían en su airada carta, yo me había comprometido a contar todo lo que ocurrió hasta llegar al día del crimen y, sobre todo, a desvelar a los lectores qué se me pasó por la cabeza aquel martes, para que actuara de aquel modo. Concluían diciendo que querían de mí tan solo dos cosas: que no les tomara el pelo y que en la segunda parte de mis memorias fuera más explícita, que comentara los detalles más escabrosos, que buscara en los recovecos de mi memoria los pormenores que pudieran despertar el morboso interés del lector.

Según parece, los suscriptores de su revista sienten una gran atracción por los más mínimos detalles cuando se trata de un caso de parricidio.

II

He tardado más de tres semanas en volver a escribir. En este tiempo me he leído cinco o seis veces lo que el editor llama «primera parte». Y me he dado cuenta de que corté ahí porque no quise seguir removiendo todo aquello. Afortunadamente en la cárcel he conseguido vivir bajo una especie de anestesia que me mantiene casi siempre en calma. Pocas veces en estos años me he desmoronado, aunque cuando eso sucede se vuelve tan insoportable que acabo en la enfermería.

Recordé que Amalia confesaba en su diario que al doctor Binoche le entregaba la versión que él quería oír y se reservaba para Agustín lo que de verdad sentía. No dudé de que esa fuera también la solución para mí. Si a los lectores que representaba aquel tipo sólo les atraía lo escabroso, se lo daría con creces. De ese modo me convertiría yo también en fabuladora de mi propia vida.

Metí la primera cuartilla en la máquina, dispuesta a comenzar relatando el momento en el que abandoné Salvatierra esposada, entré en un maloliente furgón y dejé de ser Amalia Salvatierra para convertirme en la asesina del abrecartas.

Antes de pulsar la primera tecla caí en la cuenta de que el editor no aprobaría ese arranque. Así que, como los lectores de la revista *Mentes criminales* eran los que pagaban, continué mi relato por donde lo había dejado.

III

Nunca había visto el mar, y mucho menos de esa manera. Los tres días que duró la travesía me los pasé en cubierta. La brisa marina chocándose contra mis mejillas y el intenso olor que el océano desprendía me hacían respirar intensamente, a veces teniendo que abrir constantemente la boca para tragarme el aire a bocanadas cortas.

La tía Beatriz no me dejó sola ni un instante. Para ella debió de ser muy incómodo soportar tanta inclemencia por miedo a que yo volviera a cometer alguna locura.

Como resultaba imposible hacerles pensar de otro modo, dejé de preocuparme por lo que mi familia opinara sobre mí. Para ellos, después del disgusto que supuso el episodio del río, yo era tan solo lo que figuraba en el informe que el equipo de urgencia emitió al notificar mi ingreso hospitalario: una desequilibrada con instintos suicidas.

Por las noches, dentro del estrecho camarote que compartíamos mi tía y yo, me envolvía la angustia de saberme encerrada en aquel enorme barco, teniendo que soportar sobre mi cabeza tres pisos hasta llegar a la cubierta. Afortunadamente toda mi desazón desaparecía gracias a media pastilla azul que conseguía dejarme al instante dormida. Entre sus efectos secundarios destacaba el que provocaba en el paciente sueños densos y angustiosos.

Fue en alta mar donde tuve por primera vez la pesadilla que me acompaña desde entonces.

Todo comienza cuando me veo en una casa que siento que me pertenece. A veces se trata de una casa antigua, de techos altos y espacios enormes, entre los que abundan las vidrieras, los corredores y los jardines interiores. Ya desde el principio observo la decadencia de aquel lugar. Llaman mi atención la pintura desconchada de sus húmedas paredes, los entelados rasgados de las tapicerías y la profusa y desordenada vegetación de los patios, que invade sus abandonadas estancias Siempre hay al menos un piano, muchos espejos y algún que otro apolillado y desencolado mueble de época. En el sueño avanzo por aquellas habitaciones, en las que cada vez el deterioro se hace más palpable. Pronto comienza la suciedad a amontonarse por los rincones y los espacios se van estrechando de tal modo que llega un momento en el que me cuesta moverme con soltura. Es entonces cuando siento que me observan sin que yo alcance a ver a nadie. Entro en los lugares más recónditos de aquella casa, visito sus sucios y desangelados cuartos de baño, cuyos grifos gotean sobre la porcelana oxidada del lavabo y de la desconchada bañera. Sin darme cuenta me adentro en una parte de la casa que está sin terminar. Los tabiques son todavía de ladrillo, el pavimento de tierra y no hay puertas. Poco a poco los cascotes invaden el suelo y me dificultan el paso. Sigo sintiendo que me observan, mientras que el espacio se ha ido reduciendo de tal modo que me doy con las paredes. Es entonces cuando comienzo a notar por mi cuerpo unas manos que me rozan primero, me agarran después y acaban queriendo ahogarme. Cuando empieza a faltarme la respiración me despierto, generalmente empapada en sudor y gritando.

Este sueño tiene otra variante, aún quizá más aterradora que la anterior porque se inicia en un ambiente lleno de luz y de armonía que en absoluto me pone en alerta, sino que me relaja y acomoda al disfrute del bienestar que me ofrece una preciosa casa de diseño actual, muy bien amueblada y aseada. Siento que se trata de mi propia casa. Confiada y orgullosa, comienzo a recorrerla y poco a poco va desapareciendo su orden y confort, a medida que me adentro por habitaciones donde ni las paredes, ni los techos, ni, por supuesto los suelos están acabados. Llega un momento en el que todo se estrecha y, como en la otra versión, acabo gritando sordamente al sentir que me intentan ahogar.

¡Ojalá cuando salga de aquí pueda dejar en el jergón de mi celda esta pesadilla!

IV

A pesar de los malos sueños aquellos casi tres meses que pasé en casa de mi primo Nené se convirtieron en el mejor momento de mi vida. Fue la única vez en la que la obsesión por Amalia desapareció verdaderamente de mi cabeza. Creo que llegué a estar, en cierta medida, en paz conmigo misma.

Tras haber descubierto el mar, me dediqué a disfrutarlo desde su orilla. La casa tenía un acceso privado a una hermosa playa, en la que nunca había nadie más que yo, que no dejaba de bajar a todas horas. Por ella caminaba sin descanso, a veces corriendo para notar con más intensidad la brisa marina azotándome la cara. La tía Beatriz me insistía en que me protegiera del sol y del salitre, pero no le hacía caso porque quería acariciar el mar sin reservas. No me hubiese importado volverme mineral y salada, para acabar formando parte de aquella playa, como las rocas o la arena, y así dejar de sentir.

Desde el principio mi tía y mi primo consideraron bastante obsesivo y un tanto peligroso mi gusto por estar cerca del mar. La tía Beatriz, para evitar disgustos, me obligaba a permanecer en todo momento acompañada por una de las muchachas del servicio. Para la elegida aquello fue un premio inesperado y maravilloso, porque su trabajo durante casi tres meses consistió en tenderse en la arena, caminar por la orilla descalza o buscar caracolas y conchas marinas. Mientras que sus compañeras no paraban de trabajar dentro y fuera de aquella exótica mansión de aires coloniales, Rosalía, la dulce y discreta Rosalía, acompañaba a la señorita Amalia en su desvarío.

Poco a poco me fue contando cosas de su familia.

Sus padres y sus cinco hermanos habían quedado en una aldea prendida de la ladera de la montaña, donde no había más que lava y sol. Mandaba todo el dinero que ganaba para que allí arriba tuvieran algo que llevarse a la boca. Su padre plantaba en un huertecillo no más de cuatro hileras de papas y otras tantas filas de tomates. Ella era la mayor y la única que estaba fuera. Su hermano, que era tan solo un año menor, soñaba con coger un barco y probar fortuna en otras tierras más generosas y prósperas. Como no veía la manera de conseguir el dinero del pasaje estaba decidido a colarse como polizón. Rosalía tenía miedo de que cometiese esa locura y lo detuviesen o, peor aún, lo tiraran por la borda. Para ella el mar no tenía nada del poder evocador y nostálgico que a mí me procuraba. Sentía la certeza de que esa inmensa mancha azul se llevaría muy pronto a su hermano para siempre.

—¡A los que van dentro de los barcos se los traga la mar y nunca regresan! —me dijo una mañana en la que en el horizonte se dibujaba la enorme silueta de un trasatlántico.

Aquella muchacha tenía unos padres y unos hermanos a los que querer y por los que preocuparse. A pesar de la miseria de sus vidas todos ellos formaban una familia. Rosalía tenía un origen, claro y preciso. Aunque profundamente desgraciado, su pasado la había llevado hasta su presente y le indicaba el camino de su modesto futuro. Rosalía sabía quién era, mientras que yo seguía sin nada a lo que aferrarme, contemplando el azul infinito desde una desierta playa y soñando con casas que se desmoronan.

No quise irme sin que pudiese conseguir el pasaje de su hermano. Mi primo atendió mi petición sobradamente. Tanto él como su madre se habían propuesto no contrariarme en nada.

Ser útil en la vida de aquella muchacha y de su familia me hizo muy feliz.

—¡Mi hermano irá a un lugar que se llama como uno de los amigos del amo! —me dijo aquella agradecida muchacha, cuando supo que Nené no solo había costeado el pasaje, sino que también le había conseguido una carta de trabajo en una importante región vitícola.

—¡A lo mejor aquella ciudad es toda ella de don Julio! —exclamó entre sorprendida e incrédula.

Aquella noche, en la sobremesa, le conté a Nené el alcance que había tenido Rosalía y no dejó de reír en un buen rato, acordándose de su buen amigo Julio Mendoza.

Aproveché esa misma velada para hablarles muy seriamente de mi deseo de regresar a la universidad. Por más que los médicos insistieran, yo no estaba dispuesta a continuar en esa especie de extemporánea vacación que entre todos me habían preparado.

—Si queréis que de verdad me cure necesito recuperar cuanto antes mi propia vida: ir a clase, vivir en la residencia con mis compañeras, salir con ellas y divertirme yendo al cine o a bailar —fue lo que les expliqué, convencida de que, tanto mi tía como mi primo, me harían caso.

Una semana después, la tía Beatriz y yo subimos al barco que nos traería de regreso. Para evitar una posible recaída se evitó mi paso por Salvatierra, de modo que al llegar a puerto, cada una cogió un tren distinto.

Al despedirnos, tuve la sensación de que había perdido el mar para siempre.

V

Tardé muy poco en descubrir que me había equivocado regresando. Los profesores me aburrían con la monotonía de sus explicaciones y mis compañeras de residencia me desesperaban con sus chismorreos.

A mi llegada se creó una morbosa expectación para ver cómo reaccionaba cuando supiera que Juan salía con mi compañera de habitación. Por lo visto me fue dejando en recepción cartas de amor, que muy pronto comenzó a contestar ella. Para desesperación de aquellas muchachas, tan deseosas de verme sufrir, no sentí los más mínimos celos al verlos cogidos de la mano. Aunque debo de confesar que me halagó mucho el notar en su torpe saludo que seguía todavía algo enamorado de mí. Aproveché aquello para mirar por encima del hombro a todas esas cacatúas con las que me veía obligada a convivir. Pero la euforia del regreso a lo que creí que era mi vida se desvaneció a las dos semanas.

Dejé de ir a clase y me encerré en mi habitación, de la que no salía ni siquiera para comer. Tendida en la cama, con la colcha tapándome por completo y sin ganas de nada que no fuera llorar, me encontró la directora el día en que subió a comprobar si era cierto lo que le decían mis compungidas compañeras. Inmediatamente fue avisado el médico, que no dudó en diagnosticar que yo padecía un severo trastorno depresivo. Al saberlo, todas las cacatúas, mi desleal compañera de habitación y hasta el propio Juan, respiraron tranquilos, porque no se habían equivocado conmigo al pensar que estaba sufriendo los amargos efectos del desamor.

Mi regreso a Salvatierra se volvió inevitable. Recuerdo de forma vaga la doble fila que flanqueaba la escalera a mi paso. Todas querían verme en aquellas horas desesperadas. Mi primo me llevaba agarrada con fuerza de la cintura, mientras yo escondía la cabeza en su pecho, para no exponerme al descaro de sus miradas. Me vino a la memoria la secuencia de una película que había visto con Juan cuando comenzamos a salir. No recuerdo su título pero sé que Cary Grant llevaba en volandas a una frágil Ingrid Bergman, a la que su esposo y su perversa suegra estaban envenenando poco a poco, desde que habían descubierto que ella era una espía. Los dos, pegados el uno al otro, descendían lentamente aquella elegante escalera, escoltados por el marido y su siniestra madre, que pretendían desesperadamente no levantar sospechas delante de los otros miembros de la banda de delincuentes, que los observaban al final de la escalera.

Al salir del cine Juan me dijo que le pareció bastante forzada la forma en la que él la salva. Yo le intenté hacer ver que era una escena muy intensa y que creía que querían decirle al espectador que estaban encadenados, que su destino era uno solo y que esa escalera les podía conducir a la vida o a la muerte, pero a los dos juntos, inevitablemente juntos, juntos para siempre.

Mientras mi primo Miguel y yo bajábamos lentamente esa otra escalera de la residencia, deseé con todas mis fuerzas que Juan también estuviese apostado en ella para que viera que él nunca sería como Cary Grant.

Hicimos un largo y penoso viaje en coche. Me encontraba tan débil que las enredadas curvas que llevan hasta el valle de Salvatierra acabaron de destrozarme. Ya en la casa, pedí que no me subieran a mi dormitorio, porque no quería volver a él después de aquella noche incierta en la que todo se me nubló y tomé la estúpida decisión de bajar al río. Había pasado tantas horas dentro de aquellas paredes dando vueltas y más vueltas a la vida de la tía Amalia que me sentía sin fuerzas para habitar de nuevo ese espacio terriblemente viciado.

Hasta que estuviera lista otra habitación, me condujeron a una salita contigua al comedor, en la que mis tías solían pasar las tardes de invierno. Me acurruqué en uno de los sillones y cerré los ojos con la intención de dormir. A través de la puerta entornada me llegaron las voces de la tía Beatriz y de mi primo. Hablaban de mí y cada uno de ellos daba su opinión acerca de qué había que hacer conmigo. Para Nené, lo mejor era que me atendieran en un sanatorio. Me llegué a preocupar al escucharle decir que mi situación era bastante delicada. A la conversación se unió la voz de Hortensia, que en cuanto oyó los comentarios de su sobrino, no pudo más que llorar desconsoladamente.

—¡Pobre niña, pobre niña! —fueron sus palabras antes de que irrumpiera con fuerza la metálica voz de la tía Celia, que había hecho el esfuerzo de bajar desde su dormitorio al saber que ya habíamos llegado.

—¡Dónde está? —les preguntó en un tono un tanto impaciente.

No abrí los ojos, pero supe que la que se acercaba hasta mí era ella, la única a la que no había visto al llegar. Ella, mi inventora, la autora de mi maltrecha historia.

Fingí estar dormida, porque no sabía cómo enfrentarme a su mirada sin derrumbarme definitivamente. Pero de nada me sirvió disimular porque la tía Celia se había dado cuenta de que mis ojos estaban tan solo entornados.

—Dejamos a medias una conversación, que debemos retomar. —me susurró al oído para que no la oyeran los demás.

De golpe me incorporé y asentí con vehemencia. Ella me calmó acariciándome la frente con una desconocida dulzura. Me debió de ver tan débil e indefensa que sintió la necesidad de abrazarme y yo me eché a llorar desesperadamente.

—Me quedaré con ella un rato —fue la contundente y exacta orden que Celia les dio a los demás.

Instalé mi cabeza en su pecho, acompasando mi respiración a los latidos de su tibio corazón. Envuelta en el aroma perfumado de su blusa, me abandoné a los recuerdos más felices de mi infancia, esos que tenían que ver con el huerto, con Bernardo, con el manzano y los helados de los días de mercado. Y también con los libros que leía en la biblioteca al calor que subía del brasero de la mesa de camilla y el timbre siempre amable de la voz del tío Eduardo. Un reciente recuerdo me invadió antes de abandonar el cómodo refugio que me ofrecía la tía Celia en su regazo, el del mar encendido por el sol de poniente que vi desde el puente de aquel trasatlántico que me trajo de regreso, la última tarde de la travesía.

De golpe sonó su voz y comencé a oír un relato de sobra conocido por mí, en el que me fue poniendo de nuevo al tanto de la detención de Agustín y de la cobardía de mi padre y también de la decepción que para Amalia supuso que su padre la traicionase de ese modo. Y entonces, cuando no esperaba oír nada nuevo, llegó aquella revelación que resultaría tan decisiva.

—Desde que era casi una niña Amalia había sufrido las miradas y los comentarios del juez Puig, que no disimulaba su fascinación por ella. Y nuestro padre no reaccionaba ante aquellas impertinencias, sin duda alguna por temor a perder la confianza de alguien tan influyente y poderoso. Sobre todo a partir de que nuestro hermano comenzó a meterse en líos con la justicia, para papá era fundamental mantener una buena relación con el juez Puig. Y él lo sabía, y por eso se aprovechaba de esa forma tan insultante. ¡Amalia lo detestaba de tal modo que cuando lo tenía que saludar se mostraba muy impertinente con él! Pero aquel hombre no desistía y siempre que tenía la oportunidad de hablarle a solas, sus palabras se volvían procaces y sus manos buscaban sin éxito su cuerpo. Cuando Amalia supo que la condena de Agustín se alargaría casi dos años se presentó en su despacho de la Audiencia y pactó con él su libertad... Afortunadamente aquel sátiro se contentó con unos cuantos encuentros íntimos, porque en el fondo tan solo le interesaba cobrarse la pieza que durante tantos años había estado acechando y nada más —se detuvo un instante, en el que pareció que iba a llorar, antes de que su voz retomara el pulso de la historia—. No volvió a ser la misma después de aquello. Se encerraba en su habitación y nos rehuía a todos. Tan solo me lo confesó cuando se dio cuenta de que estaba embarazada.

VI

Por fin escuchaba de labios de la tía Celia la confirmación de lo que me dijo el juez Puig. Ni siquiera intenté disimular poniendo gesto de sorpresa, porque a estas alturas ya nada debía ocultarme. Por eso me atreví a preguntarle si acaso lo supo el juez. Antes de contestarme me miró un tanto extrañada, como si no entendiera el alcance de la pregunta pero sospechara que encerraba alguna velada intención.

—No hubo más remedio que justificar la celeridad de su boda con Eduardo con ese argumento, pero por supuesto que se le ocultó que el hijo fuera suyo. Por nada del mundo hubiésemos querido que lo supiera. ¡Ni siquiera se lo dijimos a las tías! —se apresuró a añadir bajando el tono de voz—. ¡Tan solo estábamos al corriente Eduardo, Agustín y yo!

Después de detenerse un largo rato, en el que su mirada se alejaba en la distancia y parecía acercarse a aquellos días tan difíciles, me contó que en un primer momento Amalia buscó en Agustín consuelo, pero que lo único que encontró fue el rechazo del muchacho, que no entendía por qué había actuado de ese modo. Inevitablemente los celos se apoderaron de él. Fue tan amarga aquella entrevista que Amalia regresó de la cárcel totalmente convencida de que ya no la amaba. Y así pareció, porque no quiso volver a verla, ni abrió ninguna de las cartas que ella constantemente le enviaba y que regresaban cerradas a Salvatierra.

—Yo no quería que se viera obligada a irse de casa, ni tampoco que su hijo fuera un bastardo. Nos costó mucho convencerla de nuestro plan, pero estaba tan asustada que comprendió que si se casaba, el niño tendría unos apellidos y nadie podría despreciarlo. Le insistimos mucho en que más tarde se podía anular aquel matrimonio. Eduardo conocía algunas causas médicas que cualquier tribunal admitiría sin reserva.

—¡Y a las tías les contasteis aquella otra versión tan enrevesada de que queríais disimular delante del abuelo Antonio para que dejaran libre a Agustín! —me atreví a apostillar después de escucharla.

—¡Exactamente!... Pensábamos aclararlo todo después del parto. ¡No nos pareció prudente contárselo por carta a ninguna de las dos! —exclamó con un desvaído gesto de afectada tristeza.

—¿Pero el tío Eduardo y tú? —no me atreví a continuar con la pregunta, que ella contestó al instante.

—¡El tío Eduardo y yo no vimos alterada nuestra vida tras su matrimonio con Amalia! Entre ellos no iba a haber nada más que un certificado y unos apellidos para su hijo.

—¿Qué ocurrió entonces para que ella se... ? —en esta ocasión dejé intencionadamente sin terminar la frase, por ver si la concluía con la solución que tanto tiempo llevaba queriendo conocer.

—Muchas veces me he hecho esa pregunta sin alcanzar la respuesta... Eduardo y yo pensamos que se debía a que se encontraba muy alterada emocionalmente, no solo por el rechazo de Agustín, sino por el propio embarazo.

Como noté que de esa forma tan elegante pretendía concluir su relato, la insté a que me siguiera contando la última parte de aquella obsesionante historia.

Al ver en mi gesto dibujada la insistencia con la que me defendía de su silencio, no tuvo más remedio que proseguir.

—Esa tarde recibió una carta de Agustín en la que le decía que se marcharía muy lejos en cuanto obtuviera la libertad y que no se volverían a ver nunca más. Todo apunta a que Amalia no soportó aquello. No nos dimos cuenta de que había bajado sigilosamente la escalera y había salido por la puerta principal. Tan solo el jardinero pudo verla cuando se cruzó con ella. Ni siquiera lo miró. Según nos dijo, tenía la mirada perdida en la lejanía, y sus pasos eran tan veloces que al volverse de nuevo, ya dejó de verla porque la habían ocultado los árboles que llevan hasta el río. Cuando aquel hombre, con la gorra retorcida entre las manos, entró en el salón y me preguntó si sabía a dónde iba la señorita Amalia tan deprisa, salí gritando su nombre porque algo me decía que estaba en peligro... Luego Eduardo me reprochó que hubiera dado esos gritos, que, a su juicio, más que detenerla, seguramente la pusieron sobre aviso y le hicieron actuar precipitadamente, para así no ser descubierta —mi tía comenzó a llorar serenamente y, por primera vez, me creí sus palabras.

Desde hacía un buen rato la habitación permanecía a oscuras. Aquella penumbra nos había ayudado a hablar, protegidas bajo el tenue sonido de nuestras desnudas voces. De golpe entró la tía Beatriz y encendió la luz. Instintivamente las dos nos tapamos los ojos, cegadas por el fogonazo que había roto ese momento.

VII

No sé seguir contando esta historia. Ni mucho menos sé darle ese tono morbosamente exagerado que me sugirió el de la editorial. La torpeza de mi relato es la de mis propios recuerdos, unos recuerdos que se me agolpan y confunden, ahora que me acerco al final.

Tras aquella primera conversación, se me desdibuja lo que ocurrió en los días posteriores a mi llegada. Tan solo sé que me trasladaron a la habitación del tío Eduardo y que la tía Celia y yo dormíamos con la puerta que separaba las dos estancias, entreabierta.

Según parece, querían tenerme vigilada tanto de día como de noche.

La medicación que tomaba tenía la culpa de que mi memoria fuera tan frágil. Y también de que acudieran a mis sueños extrañas imágenes, que a veces no sabía distinguir de la realidad.

Uno de ellos me situaba de nuevo en el río. Debía de ser primavera, porque la ribera se encontraba muy verde y yo iba sin abrigo. Desde la otra orilla una mujer me estaba observando. Cuando me tuvo enfrente me preguntó a gritos mi nombre y al decírselo, me contestó que eso era imposible porque Amalia era ella. En ese momento me vi caer desmayada. La mujer aprovechó para acercarse hasta mí, pero se vio obligada a alejarse precipitadamente, al oír los pasos de un pescador que me encontró y me trajo en brazos hasta nuestra casa.

Pronto noté que mis tías cada vez estaban más cerca de hacerle caso a Nené. Me di cuenta de que si seguía contándoles mis pesadillas acabaría en un sanatorio.

Después de aquel sueño hubo otras ocasiones en las que vi a esa mujer, pero nunca más me habló. No me sorprendía, ni me inquietaba su presencia. La asumí como inevitable y casi me acostumbré a ella. Lo que no conseguí verle nunca era el rostro. Solía llevar un sombrero de ala ancha o un velo, no sé muy bien. No acertaba a distinguirlo porque su presencia duraba cada vez menos tiempo, aunque también se hacía cada vez más frecuente. Me fui acostumbrando a esa nueva Amalia de los sueños fugaces. Ya éramos tres y de esta última me quedaba todo por descubrir.

Afortunadamente, un par de meses después de mi regreso, los médicos que ahora me atendían me rebajaron la dosis de aquellas pastillas azules y comencé a convivir con la realidad de forma más directa y plena. Abandoné las largas horas de sueño y comencé a pasar casi toda la tarde en la biblioteca, acompañada en todo momento de la tía Beatriz y de sus bordados.

Recuerdo que se lo dije casi sin pensar, como sin darme cuenta de lo que supondría mi desliz. Pero no me arrepiento de haberlo hecho, porque me pareció muy mal que Celia no les hubiese revelado a sus hermanas durante todos estos años lo que le ocurrió a la tía Amalia con el juez Puig. ¿Qué sentido tenía ocultárselo? No lo comprendía. ¡A sus propias hermanas! Esos detalles eran precisamente los que me hacían acabar desconfiando de ella, a pesar del afecto y los cuidados que me prodigaba en estos días en los que a las tres tanto les preocupaba y conmovía mi enfermedad.

Como no quería seguir viviendo con la mentira instalada en torno a mí, aproveché esa hora tenue en la que la luz del día se va diluyendo en el ambiente y se lo fui detallando tal y como Celia me lo había contado. Recuerdo que su rostro se fue poco a poco demudando hasta perder casi el color. No dijo nada. Se limitó a callar. Más tarde descubrí que su reacción se debía a que no me había creído. Pensó, mientras disimulaba su estupor concentrándose en la precisión con la que pasaba la aguja por la tela, que todo era una fabulación mía y así se lo contó a Hortensia, antes de que las dos se encaminaran a poner al corriente a Celia de que yo había recaído y de que volvía a desvariar esta vez más que nunca.

—¡Fíjate qué cosas se le ocurren a esta niña! —fue la frase con la que inició la conversación la tía Hortensia—. ¡Díselo, Beatriz, dile lo que te ha dicho hace un rato en la biblioteca!

VIII

Celia permaneció en silencio un buen rato. Miró a sus hermanas por primera vez con un gesto de remordimiento y se dejó caer afectadamente en uno de los sillones de su dormitorio, dispuesta a hacerles aquella tardía confesión, que durante tanto tiempo había evitado.

Yo no presencié la escena, pero puedo describirla casi al detalle porque —pasados unos cuantos meses— me la contaría la tía Beatriz, mientras viajábamos de nuevo las dos juntas.

Pero a ellas les desveló un eslabón más de la cadena de hechos que conducía a resolver aquel incierto relato. Se trataba de un dato decisivo, que sería utilizado por Beatriz, para iniciar el camino que la llevaría a desentrañar definitivamente la verdad.

Desde esa misma tarde tomó las riendas del asunto y, sin decirnos nada a nadie, comenzó a actuar. Con el temple y la serenidad que habían marcado su vida, fue ideando el plan que le haría descubrir qué es lo que realmente provocó la desaparición de su hermana. Varias veces visitó sola la capital y cuando regresaba se encerraba en su cuarto durante horas a revisar los documentos que con ella venían. También comenzó a recibir con frecuencia cartas certificadas, que el cartero le entregaba en mano, e incluso algún que otro telegrama. Concretamente recuerdo uno que trajeron a última hora de una tarde bastante desapacible, en la que no dudó en ponerse en camino hasta la estación, para entrevistarse allí con un extraño individuo, que unos días después apareció por nuestra casa.

A medida que la tía Beatriz avanzaba en sus investigaciones su estado de ánimo se volvía cada vez más alegre. A veces era tal su entusiasmo que nos abrazaba sin ton ni son a Hortensia o a mí o a las dos a la vez, mientras nos decía cosas como que todo iba muy bien, que ya faltaba poco. Y cuando alguna de las dos le preguntábamos que a qué se refería, volvía a sonreír mientras nos instaba a tener un poco más de paciencia.

—¡Las sorpresas no se pueden desvelar antes de tiempo porque dejarían de serlo! —era la frase con la que siempre concluía.

¡Pobre tía Hortensia! Aunque no lo confesaba, yo me daba cuenta de que empezó a no querer hablar de Amalia con ninguna de nosotras, sin duda porque consideraba que ella era la causa de nuestro común desvarío.

Pero todo aquello comenzó a liberarme de mi eterna obsesión, porque ahora que la tía Beatriz era la que se afanaba en saber la verdad, a mí no me quedaba más que esperar a ver qué era lo que descubría. Y por la manera que tenía de conducirse no me cabía la menor duda de que estaba a punto de llegar con éxito al final de aquel asunto.

Por su parte, la tía Celia se abatió de tal modo después de la confesión que se vio obligada a hacerles a sus hermanas, que cayó en el mismo estado en el que la dejó la muerte del tío Eduardo. De nuevo no salía de su habitación y apenas si hablaba. Era como si ser dueña de tantos secretos fuera lo que la había mantenido en pie y le había dado ese poder sobre los demás que había ejercido decididamente durante todos estos años. Un poder, que fue desapareciendo a medida que esos velados asuntos, atesorados con tantísimo celo, comenzaron a ver la luz.

Yo la visitaba a diario y procuraba hacerle compañía, pero apenas si me prestaba atención. Parecía vivir inmersa en sus propios recuerdos. Una tarde la encontré más alterada que de costumbre. Estaba nerviosa y lloraba de forma intermitente y un tanto mecánica. Cuando le pregunté qué tenía, me agarró con fuerza de las muñecas y me dijo entre sollozos que todo lo había hecho por mi bien, que no me había querido ver sufrir. Crear en torno a mí una serie de fabulaciones que me apartaran de la realidad y de su crudeza, según me confesó, había sido su manera de protegerme desde el principio

—¡No quise que sufrieras la vergüenza de tantos errores y de tantas culpas! —exclamó con vehemencia.

Me asusté al oírla, porque eso significaba que mi vida era tan atroz que había que silenciarla a través de mentiras.

—¿De qué me tendría que avergonzar? —me atreví a decirle, temerosa quizá de escuchar su respuesta.

No me contestó. Estaba tan afectada por la emoción que tan solo me acercó las manos a la cara, mientras confesaba un amor hacia mí que nunca antes le había oído declarar.

En ese momento comprendí que ni la obsesión de Celia por defender sus mentiras, ni la esforzada búsqueda de la verdad que había iniciado Beatriz me ayudaban a resolver mis propios problemas. Seguía sintiéndome tan sola como siempre. Quizá a estas alturas no debiera ya de esperar que las cosas acabaran teniendo para mí sentido alguno. Puede que tan solo debiera aprender a dejarme llevar por los días y acostumbrarme a ver pasar el tiempo, sin más afán que el de seguir respirando lo más acompasadamente posible. Llegué a la conclusión de que yo no era nadie en Salvatierra y de que cuanto antes lo asumiera, antes me podría ir de aquella casa y de mis tías. Con ellas a mi lado nunca despertaría del mal sueño en el que se había convertido mi vida. En cambio lejos de allí, estaba segura de que podría construirme una vida propia, para así no tener que depender de las que sucesivamente la tía Celia se había ido inventado.

IX

Eso fue lo que les conté a los médicos en la visita de aquella semana.

Escucharon con atención mis argumentos y me dijeron que iba en la buena dirección. A uno de ellos se le ocurrió que la música sería un buen aliado para mi maltrecho espíritu y me prescribieron unas clases urgentes de piano en grandes dosis, a ser posible desde esa misma semana. Me alegré mucho al llegar a casa con tan esperanzadora receta. En el internado había dedicado muchas horas al piano y cuando salí de allí mis dedos recorrían con bastante soltura el teclado.

Ni Beatriz ni Hortensia pusieron objeción a que un profesor viniera a diario a darme clase. Afinar aquel mudo instrumento fue una tarea bastante ardua, pero a finales de esa misma semana me recuerdo levantando solemnemente su tapa y haciendo que de él se escaparan las primeras notas. Con ellas parecía como si la vida volviera a instalarse en Salvatierra. La casa se estremeció y en todas nosotras se notaron sus efectos. Las lágrimas mansas y tibias de Hortensia le hacían recuperar sus veinte años y el aroma de aquel amor fugaz, a través de una dulce sonata. Beatriz acomodó su creciente optimismo a los compases más vigorosos y Celia dejó que sus remordimientos y pesadumbres se adormecieran envueltas en los melancólicos ecos que dejaban en el aire los nocturnos. Y para mí, cada nota no era más que una forma de sentirme un poco más dueña de mi vida.

Pero levantar la tapa de aquel piano había supuesto algo más, o por lo menos yo así lo creí. Significó que Amalia y su oscura muerte, representada en él, quedaban definitivamente atrás. El largo duelo ya había concluido y la vida, con la infatigable tenacidad con la que suele pronunciarse, había vuelto de nuevo a Salvatierra.

No sé si fue por efectos de la música, que lo envolvía todo y a todas horas, pero febrero comenzó a brillar con un sol radiante, al tiempo que los días se alargaban tímidamente. Fue ese un tiempo para mí de sosiego. Mi apetito volvió con fuerza y el sueño ya no venía acompañado de pesadillas. Aquella mujer del río desapareció definitivamente de mis noches.

A comienzos de marzo recibimos la visita de Nené.

Al abrazarlo noté que traía el mar impregnado en la chaqueta y su amplia sonrisa me descubrió que su felicidad seguía intacta.

Por lo visto, desde que la tía Beatriz había decidido llegar hasta el final de la historia de Amalia contó con la ayuda de su hijo. Los muchos contactos que mi primo tenía en los despachos ministeriales fueron decisivos para esclarecer lo ocurrido.

En ningún momento llegué a sospechar lo que nos iba a desvelar esa noche. Pero cuando me senté a la mesa, enseguida percibí que aquella cena tenía un marcado carácter de importante reunión familiar. De ahí que a ella también asistiera la tía Celia, que desde hacía tiempo acostumbraba a cenar en su dormitorio.

Con su suave acento, Nené fue desvelándonos los detalles que contenía el informe que acababan de enviarle desde el consulado francés.

Me hubiese gustado detener la escena en ese preciso instante, para poder fijarme en todos y cada uno de nosotros cuando oímos de boca de tan elegante y apuesto emisario que Amalia no había muerto en el río. Aunque ninguna de mis tías se sorprendió porque todas, menos yo, conocían ya ese dato. Con ellas Celia no se atrevió, como conmigo, a seguir jugando a las medias verdades y les confesó que durante todos estos años les había hecho creer que había muerto, cuando en realidad se había marchado con Agustín, el mismo día en el que fue puesto en libertad.

X

Cuando unos meses atrás escucharon aquella sorprendente confesión, ni Beatriz, ni Hortensia entendieron las razones que habían llevado a Celia a inventarse una mentira tan amarga. Por más que intentaron que les explicara la causa de tan innecesario dolor, Celia tan solo insistió en que fue decisión de la propia Amalia borrar su rastro, a través de su fingida muerte, porque a partir de ese momento no deseaba tener nada que ver con Salvatierra.

—¡Ni Agustín ni ella podían seguir con nosotros después de todo lo que había pasado! —señaló, con la intención de concluir cuanto antes con aquel forzado relato.

—¿Y el hijo? —preguntó, todavía sumida en la sorpresa, la tía Hortensia.

—Murió a las pocas horas de nacer. ¡Eduardo no pudo hacer nada! —fue su escueta respuesta.

A diferencia de su hermana, Beatriz no quiso preguntar nada más. Desde ese mismo instante se puso a trabajar para localizar a Amalia allá donde estuviera, y quizá también a su sobrino, porque a estas alturas ya no pensaba fiarse de nada de lo que Celia les dijera.

—¿Y si se ha inventado lo de la huída?... Puede que sea esa su manera de no aceptar el suicidio de la tía Amalia —le comentó Nené a su madre en la primera llamada de teléfono que ella le hizo para pedirle que la ayudara a dar con el paradero de su hermana.

A pesar de que quizá su hijo no anduviera muy errado con esa suposición, a su juicio era mucho mejor intentarlo, aunque no sirviera de nada. Una vez aceptado el argumento de su madre, Nené descolgó todos los teléfonos que consideró necesarios para dar con el paradero de una muchacha de veinte años que se había fugado de su casa en compañía de un expresidiario. La tía Beatriz le mandó las fotografías de ellos dos, que habían permanecido todos esos años pegadas la una a la otra, dentro del marco que reposaba sobre el piano. Además, mi primo contrató también los servicios de una agencia privada de investigación, a la que pertenecía aquel misterioso individuo que se entrevistó con la tía Beatriz en la estación de tren y después en nuestra propia casa.

Aunque los que primero dieron con la pista fueron los investigadores privados, prefirió aguardar a recibir el informe que elaboraron los servicios policiales con la confirmación de que Amalia había vivido todos estos años en una pequeña localidad del sureste francés en compañía de Agustín y que habían tenido un hijo varón, que actualmente prestaba servicio en las filas del ejército francés destinado en Argelia. La pareja había llevado una modestísima vida, dedicados, él a trabajar en los viñedos y ella, en las oficinas de una compañía vitícola. Se hacía llamar Amalia Salvador. Así al menos figuraba en su carta de residencia y en el pasaporte.

Pero lo más sorprendente fue lo que desvelaron, no las fuentes oficiales, sino los investigadores privados. Según sus más recientes datos, Amalia había regresado sola a nuestro país y desde hacía casi un año vivía en la misma ciudad en la que yo había iniciado mis estudios universitarios. Esa revelación me produjo una enorme sorpresa, ya que mientras yo me desgarraba queriendo saber qué fue de la tía Amalia, quizá ella, camuflada entre los viandantes de una concurrida calle, los viajeros del metro o los clientes de las cafeterías, se hubiera cruzado conmigo. A lo mejor hasta nos pedimos perdón en una esquina al chocarnos levemente o nos miramos distraídamente dentro de un autobús o en una tienda.

Tras escuchar a Nené, sentí que ninguna queríamos ser la primera en pronunciarnos, porque sin duda era la tía Beatriz la que debía hacerlo.

Antes de que comenzara a hablar, me dio tiempo de fijarme en el rostro impenetrable de la tía Celia.

—No creo que una fría carta sea la forma de dar con ella después de tantos años de silencio... En las próximas horas viajaré hasta allí y quiero que tú vengas conmigo —su mirada se detuvo en mí.

De nada sirvió que los demás opinaran que no era conveniente que me enfrentara a esa situación, teniendo en cuenta mi delicado estado. Beatriz parecía dispuesta a no cambiar de opinión, aunque aceptó que una decisión así solo la podían autorizar los médicos que me trataban.

—¡De acuerdo! Hablaré mañana mismo con ellos y, si lo ven oportuno, Amalia vendrá conmigo. ¡No creo que le haga ningún daño zanjar este asunto que tanto sufrimiento le ha causado!

Al pronunciar esta última frase miró con marcada intención a su hermana Celia, que no pudo más que bajar la vista y apretar con fuerza las mandíbulas, en un claro y definitivo gesto de derrota.

XI

No tengo la menor duda de que aunque no hubiera sido aconsejable, los médicos me hubiesen permitido aquel viaje. Porque la capacidad que tenía la tía Beatriz para convencer con argumentos sutilmente sugeridos, hacía que sus interlocutores acabaran convenciéndose de que la decisión la habían tomado en realidad ellos.

De golpe me vino a la cabeza lo que escribió Amalia al evocar su primer y fallido intento de huída con Agustín. En efecto, la muerte restaña las heridas y salda todas las cuentas pendientes. Inevitablemente se van maquillando los recuerdos y se dulcifican las acciones, hasta el punto de acabar no recordando ninguna de sus vilezas. Pero cuando el desaparecido reaparece, se corre el riesgo de que todos los sentimientos se pongan de nuevo en marcha y los olvidados reproches vuelvan con fuerza a invadirnos.

De las sucesivas Amalias que había imaginado, esta de ahora, la real, me parecía la menos asible y la más desconcertante. ¿Cómo sería? Esa pregunta, que tantas veces me había hecho pensando en pasado, iba a encontrar por fin respuesta en la actualidad de una mujer de la que ninguno de nosotros sabía nada desde hacía casi veinte años. Una mezcla de curiosidad y de miedo me asaltó cuando llegó el momento de salir en dirección a la estación de tren.

Una emocionadísima Hortensia nos despidió en el andén. Creo que nos imaginaba a Beatriz y a mí como si fuéramos una nueva versión de Orfeo.

—En cierta medida eso es lo que vamos a hacer: rescatarla del Hades. Y para ello no debemos de mirar atrás, es decir, no tenemos que llenar de reproches el reencuentro... ¡Y tampoco lamentarnos por lo que nos llegue a decir, sea lo que sea! —exclamó la tía Beatriz después de escuchar mi comentario, ahora que el tren había iniciado su marcha suave y lentamente— ¡En absoluto estoy dispuesta a volver la mirada atrás! Actuar así no sirve para nada bueno ¿no te parece?

Nuestra conversación se vio de golpe interrumpida, cuando la puerta del compartimento se abrió bruscamente y ante nosotras apareció una elegante mujer, que enseguida saludó a mi tía con una lejana familiaridad. Las dos celebraron la sorpresa de aquel encuentro con una fluida charla de la que a mí me iban llegando retazos conocidos. Al serle presentada, sus ojos reaccionaron con tristeza. Me miró durante unos interminables segundos, antes de evocar a mi padre y lamentarse mucho tanto de su muerte como de la de mi tía. Al igual que solían hacer casi todos nuestros conocidos, también insistió en mi enorme parecido con ella. Poco a poco pude darme cuenta de que aquella desconocida había estado muy unida en la infancia, tanto a Amalia como a mi padre.

Recordó anécdotas muy divertidas que a las tres nos hicieron reír.

Al preguntarnos por el motivo de nuestro viaje, la tía Beatriz supo explicar con disimulada soltura que me acompañaba de regreso a la universidad, después de haber pasado unos días en Salvatierra. A su vez ella, sin que le hubiésemos preguntado, nos explicó que había venido a ver a su padre.

—No creas que entiendo la razón por la que ha decidido regresar después de tantos años. ¡Aquí no tiene ya a nadie! Sus amigos de entonces casi todos están muertos, pero él se empeña en que es aquí donde quiere estar. ¡Y con él no hay quien pueda!... Desde que se trasladó vengo cada mes a visitarlo.

Por una serie de detalles comprendí que aquella mujer era la hija del juez Puig. Me costó relacionar a alguien tan agradable con aquel infame personaje del que tan mal recuerdo conservaba.

Volvió a mirarme con atención y de golpe regresó, de una forma extremadamente cariñosa, a los recuerdos que la unían a mi padre.

—¡Era tan apuesto y divertido que todas estábamos locas por él! —cambió el tono y el gesto antes de continuar hablando—. No lo volví a ver después del verano en el que Amalia y yo celebramos nuestro primer baile... ¿Tú ya vivías fuera? —dirigió la pregunta a la tía Beatriz, que contestó moviendo la cabeza con un apenado gesto de afirmación—. Fue el mejor baile que se recuerda. ¡Las dos parecíamos dos princesas de cuento de hadas! ¡Yo bailé toda la noche con tu padre! —se detuvo unos instantes en los que pareció estar a solas con sus recuerdos—. Es curioso, pero después de aquella velada ya no los volví a ver a ninguno de los dos. Mis padres me enviaron a Suiza y hasta ahora no he vuelto a regresar a Salvatierra.

Para romper con tanta melancolía la tía Beatriz le preguntó por su vida actual. Nos habló de su matrimonio, de sus hijos y de su apacible vida de señora respetable. Era feliz en la ciudad a la que el tren tardaría pocos minutos en llegar. Comenzó a prepararse para abandonar aquel vagón que había dejado lleno de nostalgia y del humo de los suaves cigarrillos egipcios que fumaba incansablemente y que tanto me habían recordado al abuelo Antonio. Ya en la despedida, la tía Beatriz no quiso dejar pasar la oportunidad de aludir a su madre y lamentar su reciente muerte.

—¿Os ha dicho eso mi padre?... ¡Es increíble cómo le gusta guardar las apariencias! Afortunadamente mamá está muy bien, aunque no quiso regresar a Salvatierra porque no conserva un buen recuerdo de los años que pasó allí... Así que, debido a esta diferencia de criterios, digamos que disfrutan de una separación técnica.

De nuevo la puerta del compartimento se abrió y por ella vimos desaparecer a la elegante y amable Elisa Puig.

XII

Ya a solas, nos dejamos adormecer por el silencio envuelto todavía en humo. Me entretuve en ese retrato tan vital que aquella mujer me había ofrecido, tanto de Amalia como de mi padre. Sin duda alguna, pensé, esa era una buena señal de lo que nos iba a procurar el reencuentro. Hasta entonces no había reparado en algo tan evidente como que, para mí, Amalia siempre estuvo muerta. Quizá, porque cuando evocamos a personas a las que no llegamos a conocer, se nos presentan desde la fatalidad de su desenlace y nunca desde la calidez que les procuró la vida. Esta había sido la primera vez en la que alguien me hablaba de una Amalia radiante el día de su primer baile, repleta de risas y complicidades, con unas irremediables ganas de ser feliz. Y mi padre se volvió por un instante atractivo, honesto y amable en ese destello de juventud que aquella mujer compartió con él. ¡Qué pena que mis tías se valieran tan solo de silencios y secretos, en vez de haber llenado de acogedores recuerdos mi vida!

Reparé en la tía Beatriz, que miraba distraídamente por la ventanilla.

—¿Por qué nunca me habéis contado detalles agradables de la tía Amalia?

Tardó mucho en responderme y cuando lo hizo continuó aún mirando hacia aquel cambiante paisaje.

—Quizá porque su muerte se apoderó de nosotras y nos dejó sin recuerdos.

—¡Dirás mejor que fue la tía Celia la que nos obligó a vivir a las tres con esa sensación permanente de tristeza y fracaso por una muerte que nunca se produjo! —no pude evitar el reproche que tanto tiempo llevaba guardando.

—¡Pobre Celia! A pesar de lo cruel que ha sido con sus mentiras, no podemos enfadarnos con ella... porque creo que no supo actuar de otro modo. ¿No te has dado cuenta de que el juez Puig ha hecho lo mismo al hablar de su esposa? Nos educaron de una forma estúpida. Las apariencias eran más importantes que la verdad. Y Celia no aceptó que su hermana se fugara con el hijo de un jornalero. Por lo visto, le suplicó que no lo hiciera, que se quedara en Salvatierra, pero ella era muy indómita y no estaba dispuesta a ceder. Dentro de poco sabremos realmente qué hizo que hayamos estado engañadas durante todos estos años.

—Yo no me creo que la tía Amalia quisiera fingir su muerte —me atreví a apuntar.

—¡Yo tampoco! —contestó de inmediato.

Y de pronto se produjo el extraño milagro de que ella y yo nos lanzamos a apuntar posibilidades y argumentos que justificaran la decisión de Celia y su contumaz empeño por ocultarnos la verdad. Era la primera vez que compartía con alguien mi gusto por la especulación. A medida que creció el ritmo en el que se sucedían las más estrambóticas teorías, me atreví con una de las que más pudor me provocaba.

—¿Y si realmente Eduardo y ella acabaron sintiendo algo?

—¿Quieres decir que quizá lo de fingir la muerte de su hermana fue una forma de alejarla definitivamente de Salvatierra, por temor a que ella y Eduardo...?

No la dejé terminar la frase. Me lancé a aportar razones que no la convencieron en absoluto.

—Eduardo no era de esa clase de hombres —aseveró con contundencia—. Creo que no me equivoco al pensar que todo este embrollo se debe a que Celia no pudo soportar ver cómo se desmoronaba nuestra familia de forma tan fulminante. Ten en cuenta que de todos nosotros ella era la que más arraigado tenía el sentimiento de pertenecer a una saga que se debía perpetuar. Aunque suene monstruoso, con esa horrible mentira quiso preservar nuestro apellido de lo que para ella suponía una definitiva vergüenza.

—¿Por eso ocultó también su relación con Eduardo?

—¡Por supuesto! Aunque tú no lo entiendas, para Celia todo ha de tener un orden, que no es otro que el establecido. Y en nuestra familia las cosas no habían ido muy bien que digamos. ¡Solo faltaba que se supiera por todo el valle que ella estaba liada con el viudo de su hermana!

Oyendo a mi tía comprendí que, a diferencia de su hermana, ella sí que aceptaba con extrema naturalidad el hecho indiscutible de que nuestra familia hubiera tocado fondo.

Continuamos hablando sincera y tibiamente, estación tras estación.

Cuando faltaban unos pocos minutos para llegar a nuestro destino, me confesó que tenía miedo, porque era como si fuera a encontrarse con una perfecta desconocida, a la que, quizá, no supiera qué decirle.

XIII

El tipo oscuro que un mes antes había visitado nuestra casa para entregarle a Beatriz unos documentos nos estaba esperando en el andén. Una vez dentro de su coche pude comprobar que no era tan desagradable como yo creía.

Con bastante torpeza e inseguridad al hablar, insistía a toda costa en llevarnos al hotel.

—Bueno, como ya es muy tarde, casi mejor que se acomoden tranquilamente y mañana paso a recogerlas, ¿no le parece, señora?

Pero la tía Beatriz no había llegado hasta aquí para perder el tiempo. Después de estos dos largos y agotadores meses, lo único que quería era que, tal y como estaba previsto, nos condujera hasta la pensión donde había localizado a la tía Amalia. Ahora que la tarde se había echado encima, allí la esperaríamos a que regresara de su trabajo.

Tras escucharla, aquel hombre se vino abajo. Paró el coche bruscamente, aprovechando un semáforo, se giró hacia nosotras y, como si fuera un niño pequeño al que su madre ha pillado en una mentira, nos confesó que había cometido la imprudencia de entrevistar a la dueña de la pensión el día anterior, a última hora de la mañana. Después de asegurarle una y mil veces que la persona a la que seguía no estaba metida en ningún turbio asunto, se vio obligado al contarle quiénes éramos y qué queríamos. Aunque le rogó insistentemente que no le dijera nada a Amalia, la patrona no tardó ni un segundo en contárselo, en cuanto regresó aquella misma tarde a la pensión.

Según nos fue contando mientras ponía de nuevo en marcha el coche, por la mañana la vio salir a primera hora y no sospechó nada.

Tal y como llevaba haciendo desde hacía ocho días, la siguió hasta que la vio entrar en aquel alto edificio de oficinas, donde trabajaba de nueve de la mañana a cinco de la tarde.

Convencido de que no tenía nada que hacer allí hasta la hora de salida, regresó a la pensión y volvió a hablar con la patrona para concretar con ella nuestra visita. Y fue entonces cuando descubrió que aquella mujer se había ido de la lengua.

—Su hermana ha dejado en la habitación todas sus cosas y ha pagado un mes por adelantado. Si no regresa pasado ese plazo, esa vieja chismosa me ha dicho que las retira y la alquila de nuevo. He preguntado en el trabajo y por lo visto, en cuanto llegó esta mañana, solicitó los veinte días de vacaciones que le debía la empresa. No ha dejado dicho adónde iba… La patrona me entregó esta carta para usted.

A estas alturas de su confesión aquel hombre se había diluido en el asiento delantero, oculto bajo su sombrero y desaparecido dentro de una raída americana de anchos hombros. Sin darse siquiera la vuelta, le extendió a la tía Beatriz un papel doblado en cuatro trozos, en el que distinguí la letra de la tía Amalia.

Bajo la intermitente luz de las farolas que se colaba a través de la ventanilla del coche, comenzamos las dos a leer con las cabezas muy juntas y la respiración contenida:

Celia, dame tiempo. La última vez que nos vimos no fue muy agradable lo que te escuché decir. Como ves, te he hecho caso y a nadie he desvelado nuestro secreto. No sé cómo te has enterado de mi regreso, porque aquí no conozco a nadie y además no uso nuestro apellido. Déjame que sea yo la que regrese, si es que acaso puedo. Tú insistías en que Agustín y yo no íbamos a ninguna parte juntos y al final así ha sido: llevamos casi un año separados, desde que nuestro hijo entró en el ejército. Pero, aunque hayas acertado en tu predicción, no cambiaría ninguna de las decisiones que he ido tomando desde que abandoné Salvatierra. Papá y tú solo aceptabais vuestra propia opinión, nunca os vi poneros en el lugar del otro, nunca. ¡Tanto os costaba admitir que me había enamorado de alguien que no pertenecía a nuestra estúpida clase! ¿Y sabes por qué lo hice? ¿Sabes por qué me enamoré de Agustín? Porque era entonces un muchacho que no conocía esa altiva soberbia que en nuestra casa tanto se daba. Pero todo acaba en esta vida pasándonos factura y al final ha resultado que pertenecíamos a mundos diferentes. Nuestro hijo nos separó definitivamente cuando se alistó. No quiero seguir, me hace daño recordar. Ahora, con Bernard tan lejos, nada me queda más que seguir encerrada en la rutina de un cuarto de pensión barata y una sórdida oficina comercial en la que traduzco del francés albaranes y hojas de pedido. A veces, cuando llaman de la central de París, contesto al teléfono. Siempre que pienso en Salvatierra me asalta el dolor de aquella criatura que solo tuve entre mis brazos unas pocas horas. Si hubiese vivido la imagino conmigo, dándole a los días el calor y el sentido que con mi hijo he perdido. «¡Este niño es como tu hermano!», era la frase preferida de Agustín cuando Bernard hacía cualquier travesura. Nunca se llevaron bien, porque él siempre lo vio como un nuevo Salvatierra. En el fondo, creo que no consiguió perdonar a nuestra familia. Desgraciadamente todo ese odio lo volcó en nuestro hijo. Sé que Bernard se vio obligado a alistarse para salir del infierno que suponía aguantar los reproches permanentes de su resentido padre. Y al día siguiente de su marcha, yo salí por la misma puerta que él, con una maleta en la que no cabía casi nada, dispuesta a comenzar de nuevo. Esta vez yo sola, quizá como siempre he estado. Vivo con la angustia de que cualquier día pueda entrar en combate y sabe Dios si me llegará una carta de pésame. En el mejor de los casos, quizá lo vea dentro de unos años, cuando los dos nos hayamos convertido en unos perfectos desconocidos.

A pesar de que emocionalmente estoy desahuciada, no quiero a estas alturas recibir tu limosna, porque, querida Celia, comprende que ya es muy, muy tarde.

En todos estos años me han ido llegando noticias de Salvatierra. Gracias a que Agustín mantiene contacto con unos primos supe del regreso de Beatriz y de la muerte de papá. Lo último que he sabido es lo de Eduardo, y créeme si te digo que lo he sentido muchísimo; él siempre fue conmigo muy comprensivo. Debías haberle hecho caso cuando te insistía en que lo de nuestro matrimonio era una locura. En realidad creo, Celia, que siempre has optado por las soluciones más complicadas en vez de por las simples y sencillas, esas que a todos nos convencen. Pero tú no te conformas con argumentos banales, necesitas construir grandes arquitecturas, edificios desbordados, en los que los sentimientos se retuerzan y compliquen de manera innecesaria. Recuerdo que una vez Eduardo dio de ti una de las más acertadas definiciones cuando me confesó que tenías «un acentuado sentido trágico de la vida».

Hace tiempo que no sé nada de vosotras y a veces eso me angustia enormemente. Aunque sé que si algo importante ocurriera en Salvatierra, Agustín no tardaría en informarme de ello. Con el tiempo nuestro trato se ha suavizado y de vez en cuando recibo de él unas letras. Lleva tiempo viviendo con una mujer y creo que, por primera vez en su vida, es verdaderamente feliz.

—¡Llévenos al hotel! —fue la seca y entrecortada exhortación de la tía Beatriz, mientras volvía a doblar cuidadosamente los pliegues de aquella carta y nuestro desconsolado detective comenzaba a respirar tranquilo por primera vez en toda la tarde.

XIV

Una vez dentro de la habitación y después de acomodarnos en ella, las dos comenzamos a valorar la situación en la que nos encontrábamos. Que Amalia nos ganara por la mano era lo último que hubiéramos previsto, porque éramos nosotras las que íbamos a sorprenderla aquella tarde entrando en su vida de golpe y sin aviso y en cambio había sucedido todo lo contrario. La carta era tan contundente y ofrecía tanta información que no nos valió con una primera y atropellada lectura.

La volvimos a leer unas cuantas veces en voz alta, deteniéndonos en los ricos marices que ofrecía. Lo primero que llamaba la atención era que la dirigiera a la tía Celia, como si no cupiera en su imaginación que nadie más en Salvatierra quisiera dar con su paradero.

—¡Parece como si Hortensia y yo no significáramos nada en su vida! —exclamó Beatriz, desolada.

Como yo no estaba de acuerdo con esa afirmación, le dije que tuviera en cuenta que Amalia era consciente de que ellas dos la creían muerta y por tanto no tenía sentido que la buscaran. Aquello pareció tranquilizarla, aunque lo que de verdad le entristecía era ver lo sola que estaba. Amalia se nos mostraba como una mujer que lo había perdido todo y el retrato que hacía de Agustín decepcionaba profundamente. No obstante, me gustaba esta nueva Amalia más que ninguna de las otras que me habían acompañado en mis obsesionantes búsquedas.

Y Beatriz lo que más echaba en falta era el poder abrazarla y darle todo el cariño de estos desperdiciados años. Sin duda la entendía mejor que yo. Y lo pude comprobar cuando me recordó que a ella también le ocurrió algo muy parecido, durante los años en los que vivió al lado de aquel terrible marido. Se sentía completamente incapaz de pedir ayuda a sus hermanas. La mayoría de las veces optó por el silencio, llegando a negar en muchas ocasiones una realidad imposible de disfrazar.

La tía Beatriz ignoraba que yo había leído todas aquellas cartas y sabía perfectamente de lo que me estaba hablando.

—Me gustaría que supiera que la entiendo, que sé perfectamente cómo se ha podido sentir durante todo este tiempo. ¡Es una lástima que nuestro detective haya metido la pata!

Durante un largo rato me quedé pensando en aquellas dos madres, sacrificadas por sus hijos hasta el extremo de soportar las ofensas y el desprecio de sus desapacibles maridos.

Cuando ya nada parecía llamar nuestra atención en esos releídos renglones, la tía Beatriz se quitó pausadamente los lentes y apretó el dedo índice y pulgar de su mano derecha en las cuencas de sus cansados ojos. Así permaneció durante unos larguísimos segundos, en los que yo la miraba, esperando de ella una respuesta a tanta decepción.

Por fin, separó la mano de su rostro, volvió a abrir los ojos y habló con la seguridad que yo necesitaba oír.

—¡Debemos respetar su decisión! No hay que insistir, Amalia tiene todo el derecho a elegir cuándo y cómo reencontrarse con nosotras. Tan solo desearía que supiera que no es Celia la que ha querido encontrarla. Mañana, antes de irnos, visitaremos la pensión.

No dijo nada más, se despojó de la bata, se tendió en su cama y apagó la luz de la mesilla de noche.

Lo único que yo podía hacer era secundarla.

XV

A mediodía, de nuevo estábamos en el coche de aquel aspirante a detective. El tráfico de la ciudad era más caótico y complicado que durante la tarde anterior. Pegada al cristal de la ventanilla, iba reencontrándome con aquellas calles que tan bien conocía. Los recuerdos se me agolpaban sin darme tiempo a ordenarlos. A mi lado, la tía Beatriz adoptó una postura bastante solemne. Iba en tensión, la tensión sin duda que le producía el abandonar aquella ciudad sin haber podido entrevistarse con su hermana. Aunque la decepción la llevábamos los tres escrita en el rostro, aquel hombre del sombrero y la chaqueta raída era quizá el más damnificado. En su caso, la razón no era otra que el haber sido fulminantemente despedido, por lo que no iba a cobrar ni siquiera el pago de los gastos que había generado durante los ocho días en los que siguió la pista de Amalia.

Aquella fue la primera vez en la que comprobé la severidad con la que Nené solía tratar a los que trabajaban para él.

Después de atravesar varias calles céntricas, en las que las direcciones se volvían un quebradero de cabeza, el coche se detuvo al entrar en una tranquila plazuela delante de una casa de estrechos balcones en la que se leía con dificultad un deteriorado cartel: *Pensión Angelita*.

Descendimos del coche y subimos el vencido tramo de escalera que conducía al primer piso. Una amplia puerta de madera se abrió y ante nosotras apareció una mujer pequeña y rechoncha, de mejillas coloradotas y ojos vivarachos. Era Angelita en persona.

La reserva con la que nos recibió desapareció al instante en cuanto el delicado encanto de la tía Beatriz se hizo ver.

En un tono de voz sereno le agradeció el habernos recibido, le escribió en una tarjeta nuestra dirección, para que se pusiera en contacto con nosotras si había alguna novedad y le entregó un cheque con una sustanciosa cantidad por las molestias que todo este asunto le hubiera causado. Y cuando Angelita llevaba ya un buen rato entregada en cuerpo y alma, la tía Beatriz le pidió el favor de que nos permitiera visitar la habitación de Amalia.

—¡No sé si debo hacerlo, señora! Pero ya que usted es su hermana, pueden pasar. Eso sí, no toquen nada, ni intenten llevarse nada. No quiero luego tener problemas. ¡Mi casa es muy decente y nunca hemos tenido una queja de ningún huésped, en más de treinta años!

Mientras iba hablando nos conducía por un largo corredor, en el que el olor a moho se acentuaba por momentos. Un poco antes de llegar a una esquina que aventuraba un nuevo tramo de aquel angosto túnel, se detuvo ante una de las puertas que lo flanqueaban. Revolvió pausadamente entre el manojo de llaves que pendía del cinturón de su vestido, hasta encontrar aquella con la que abrió la puerta tras la que se hallaba el último rastro de Amalia.

La tía Beatriz y yo respiramos hondo antes de entrar. Angelita y el detective se quedaron en el quicio y nosotras, bajo su atenta mirada, avanzamos lo poco que nos permitía el reducido espacio en el que estaban dispuestos, una cama, un armario, una mesa flanqueada por dos sillas, y un lavabo con agua corriente.

Eso era todo.

Una ventana estrecha y alta daba a la oscura oquedad de un patio interior por el que se filtraban los sonidos de las otras viviendas, en especial las descargas de las cisternas, que sonaban impetuosamente con un eco de tormenta.

El cuidadoso aseo con el que estaban dispuestos aquellos pobres enseres, contrastaba con la sordidez del ambiente. El ventanuco había sido cubierto por una delicada cortina de encaje, que alegraba la poca luz que por él entraba. Encima de la mesa, un jarrón de cristal transparente dejaba ver los tallos sumergidos de tres tulipanes amarillos que daban color y calidez a la estancia. Dos fotografías enmarcadas colgaban de la pared. La de un jovencísimo soldado posando con una bandera y la de un niño en brazos de una sonriente Amalia sentada en la arena de una luminosa playa.

Encima del lavabo había un espejo con repisa y sobre ella estaban colocados en perfecto orden, el cepillo del pelo, varios botes de cremas, una lima, un esmalte de uñas, un cepillito para cejas y pestañas, unas pinzas del pelo y un bote de laca. Colgados, dentro de una bolsa, asomaban algunos rulos y unas tenacillas.

La habitación olía delicadamente a lavanda.

La tía Beatriz pidió permiso para abrir el armario y Angelita, después de fingir desconcierto durante unos pocos segundos, asintió con la cabeza.

Las ropas eran pocas, pero estaban muy bien ordenadas en unas perchas forradas de tela, en las que se habían ido colocando bolsitas de aroma.

Destacaban media docena de blusas, tres blancas y las otras en suaves colores pastel. Dos trajes de chaqueta y un abrigo de paño, unas cuantas faldas del mismo largo y algunas chaquetas de lana. Los colores de todas aquellas prendas, en contraste con los de las blusas, eran repetidamente neutros y sólidos. Tres o cuatro pares de zapatos de tacón, bien embetunados, descansaban en la balda inferior. Encima del armario reposaba una vieja maleta de cuero que pertenecía a un juego que yo había visto en el desván de Salvatierra. Sobre la cama se extendía una delicada colcha de ganchillo, a cuyos pies una alfombra bordada completaba aquel sereno y digno escenario.

XVI

El viaje de vuelta lo hicimos casi en silencio.

—¡Hay que darle tiempo! Pero no dudéis de que, dentro de muy poco, podremos tenerla aquí y abrazarla —fueron las palabras de la tía Beatriz, como conclusión de las explicaciones que dio a sus hermanas.

En los días siguientes cada una de nosotras siguió con sus quehaceres, como si nuestras vidas hubieran entrado de nuevo en esa quieta reserva que tanto agradaba a la tía Celia. La música del piano y los libros de la biblioteca componían mi salvación, dentro de aquella casa de mujeres varadas.

Pero al cabo de tres semanas recibimos una carta. La escribía Angelita, y en ella nos decía que la señora Salvador estaba de nuevo *instalada en su habitación*.

La noticia fue saludada por Beatriz como una señal inequívoca de que todo se iba a solucionar en breve. Hortensia y yo nos sumamos a su alegría, mientras que Celia se mantuvo, como siempre que se trataba el tema de Amalia, en un inexpresivo segundo plano.

Dos días después de aquella buena noticia, a la tía Celia le dio el primero de los desvanecimientos. Ella le quitó toda la importancia y se negó a que llamáramos a nuestro médico. A regañadientes, sus hermanas no tuvieron más remedio que hacerle caso. Pero cuando a los pocos días volvió a desmayarse en el porche, no la dejamos por más tiempo disimular con respecto a su estado de salud. Desgraciadamente el médico no tenía un diagnóstico preciso acerca de la razón de aquellos vahídos que le hacían perder el equilibrio cada vez con más frecuencia. Ella tampoco quería hacer cábalas, ni permitir que nosotras especuláramos al respecto. Pretendía que lo dejáramos pasar, porque —según sus propias palabras— no era nada de importancia. Y no tuvimos más remedio que aceptar, como siempre, las reglas de su juego.

No obstante, procurábamos no dejarla nunca sola, cosa bastante difícil si tenemos en cuenta que desde que se vio descubierta en sus flagrantes mentiras había adoptado una afectada actitud de distanciamiento, más propia del que ha sido ofendido que del que, como era su caso, ha cometido una falta de ese calibre. La posibilidad, cada vez más cercana, de que recuperáramos la presencia entre nosotras de Amalia acabó de acentuar aún más esa actitud suya, que tanto hacía sufrir a sus hermanas. Curiosamente, en vez de mostrarle su malestar por cómo se había portado con ellas, en realidad se pasaban el día queriendo complacerla y a punto estaban en ocasiones de disculparse por haberla descubierto.

En cuanto a mí, eran precisamente los médicos los que me insistían en la necesidad de mantenerme lo más lejos posible de una persona tan perniciosa para mi estabilidad emocional. Pero como el afecto, o quizá sería mejor decir la dependencia que me unía a ella, era superior a cualquier otro sentimiento, también yo procuraba acompañarla y atenderla, aunque me esforzaba en no hablar de nada comprometido.

Por más que lo intentara, no me podía engañar a mí misma, si acaso pensaba que me había liberado de su influjo. En realidad, todas nosotras seguíamos orbitando en torno al planeta Celia como sumisos satélites de aquella mujer imposible de domar y acomodar a las normas que rigen la convivencia y el obligado respeto que debemos a los demás.

Celia en sus horas bajas, seguía siendo Celia. La misma Celia de las mentiras y las medias verdades, aquella a la que no le había creado remordimiento alguno inventarse, por ejemplo, mi vida.

—¡Algún día seré capaz de vengarme! —solía decirme a mí misma, cuando caía en la debilidad de querer entenderla e incluso llegaba, en cierto modo, a perdonarla.

Pero Celia no era la única que en aquellos días practicaba el arte de la mentira.

Aunque fuera con buenas intenciones, la tía Beatriz nos ocultó que, desde que supimos que Amalia había regresado a la pensión, no había dejado de mandarle, por lo menos, un par de cartas semanales.

XVII

A mediados de abril, cuando por fin el buen tiempo se instalaba en Salvatierra y los días se volvían plácidos, de nuevo nos visitó Nené. En las pocas jornadas en las que permaneció con nosotras compartí muchos ratos de risas y bromas y también de largas y profundas conversaciones, en las que me animaba a planear mi futuro inmediato lejos de la casa y de las tías. Noté enseguida que aquella visita no tenía otra razón de ser que la de convencerme al respecto. Me sentí muy halagada al ver que mi fiel paladín defendía a su princesa de las garras del dragón. Y la triste princesa que era yo encontró en él y en sus consejos el mejor de los alientos.

Mientras cenábamos la última noche, les explicó a las tías cuáles eran sus planes.

A principios de verano los dos viajaríamos hasta Roma, para que yo conociera una escuela de arte, en la que podía matricularme durante el próximo curso. Me alojaría en una residencia para estudiantes extranjeras muy reconocida. También había previsto que siguiera tomando clases de piano en una academia cercana a la residencia donde iba vivir.

Todos se volvieron hacia mí interrogantes y yo les confirmé que me parecía una propuesta maravillosa. Hubo lágrimas y expresiones de nostalgia entre aquellas mujeres, que comprendieron que se iban a quedar de nuevo solas, quizá ya irremediablemente. Me sorprendió la tristeza con la que Celia me observó durante el resto de la velada. No pensaba que me necesitara tanto como demostró en aquel momento. Pero los planes de mi primo no se quedaban ahí, porque también les propuso que pasase el verano con él en las islas.

—¡El mar y el sol la fortalecerán y le harán estar en plena forma para su experiencia italiana! —concluyó mi primo.

Fue tan contundente en su exposición que aquellas tres mujeres no tuvieron más remedio que aceptarlo.

Ahora, mientras lo recuerdo, siento una profunda nostalgia, porque aquel debía de haber sido mi destino, un destino que me habría salvado definitivamente de las despiadadas garras del dragón. Pero yo parecía ser una princesa condenada a la infelicidad, como lo demostraron los acontecimientos que en las siguientes semanas se fueron sucediendo.

Y detrás de todos ellos volvía a estar Amalia, siempre Amalia. Primero, a través de su muerte, y ahora, vuelta a la vida, parecía dispuesta a remover los frágiles cimientos de nuestra casa, así como los de mi existencia.

Poco faltaba para que descubriera por fin la verdad y juro por Dios que, si ahora me dieran a elegir, preferiría seguir ignorándola. Aunque nunca he creído que sea bueno vivir engañado, quizá sí que es mucho mejor no saber nada, a irlo descubriendo de la forma tan gradual, intrincada y dolorosa en la que yo lo hice.

Precisamente, por las mismas fechas en las que tenía que haber viajado a Roma con Nené fui detenida, acusada de asesinato en primer grado.

XVIII

La constancia de Beatriz dio sus frutos y unos días después de la partida de mi primo, nos llegó una carta en cuyo sobre se había tachado el nombre de una firma comercial y al lado aparecía escrito a mano el de Amalia Salvador. Ya que todas figurábamos como destinatarias, la tía Beatriz se vio obligada a leérnosla en voz alta.

En realidad la carta no decía nada sustancioso. En ella, Amalia se limitaba a preguntar por nuestra salud, así como a manifestar un cierto deseo de vernos. No obstante se mantenía firme a la hora de justificar el silencio que había protagonizado durante todos estos largos años, achacándolo de nuevo a la conversación que mantuvo con Celia el día en el que abandonó definitivamente Salvatierra. Nos pedía disculpas por habernos hecho sufrir con su fingida muerte, pero lo consideraba la única forma de salir del infierno en el que para ella se había convertido nuestra casa.

De nuevo nos hablaba de su separación de Agustín y también de Bernard y del miedo que tenía al escuchar las noticias que venían de aquellas tierras convulsas, en las que su hijo prestaba servicio. Lo que más me sorprendió fue descubrir, cuando en la carta se lamentaba de no tener a su lado el consuelo que dan las hijas, que el bebé que perdió había sido una niña.

Esa niña y yo tendríamos la misma edad y quién sabe si no hubiésemos podido compartir la infancia, en las siempre imperturbables y silenciosas estancias de Salvatierra. Una niña también bastarda como yo, para la que Celia ya tenía preparado el apellido Binoche. Pero aquella niña tendría algo que yo nunca tuve: una madre que estaría siempre a su lado, dándole el calor y la fuerza necesarios para vivir segura y en paz con todo lo que la rodeara.

—¿Qué es lo que ocurrió en esa conversación, Celia? —preguntó Hortensia con un tono bastante abrupto.

—¡Tendrá que aclararlo ella, que se fue detrás de ese bruto y cerril gañán en cuanto puso un pie fuera de la cárcel! No quiero resultar grosera, pero Eduardo y yo siempre pensamos que Amalia se entregó a él como lo hacen las bestias del campo. Aquella última tarde le dije que sentía vergüenza de ver cómo nos ponía a todos en evidencia al protagonizar esa vergonzosa huida, y a partir de ahí renegó de todos nosotros y me vi en la obligación de decirle que si salía por la puerta, no volviera nunca más. Y ella fue entonces la que dijo que desde ese momento era como si estuviera muerta… ¡No me miréis así porque hice lo que debía! Nuestra hermana renegó de nosotros y de nuestro apellido. Fue ella la que decidió morir en las aguas del río; yo no hice sino aceptarlo por el bien de todos.

La escuchamos atentamente, pero ninguna supo responder a sus palabras. El silencio de nuevo se instaló aquel día en el almuerzo y en la cena, los dos únicos momentos en los que estuvimos las cuatro juntas.

Sin avisarnos, Hortensia decidió pasar una temporada en la capital. Aprovecharía para visitar a algunas amistades que llevaban tiempo queriendo verla.

Al despedirse de Beatriz y de mí, nos dijo que necesitaba tiempo para perdonar a Celia.

Su partida nos dejó a las dos muy afectadas, porque ella fue siempre la que había estado ahí en todos los momentos difíciles por los que los demás habíamos pasado.

No me costó trabajo alguno entender su reacción. Con ella quería hacernos ver lo mucho que le debíamos y lo poco que la habíamos tenido en cuenta. Recordé con tristeza la de ocasiones en las que taché sus comentarios de ingenuos o simplones, porque los juzgaba provenientes de alguien a quien en la vida no le había ocurrido nada interesante.

—¡Debemos de ir a por ella! La conozco muy bien y sé que no quiere, ni sabe estar lejos de Salvatierra. Hay que demostrarle lo mucho que nos importa, ¿no crees?

Agradecí tener conmigo a Beatriz, porque hacía que todo tuviese siempre una fácil solución.

Aún no había transcurrido ni una semana desde que se marchó, cuando se nos presentó la ocasión perfecta para ir a su encuentro, al llegarnos un aviso de la notaría donde llevaban los asuntos del tío Eduardo. Según detallaban, todo estaba listo para la apertura de su testamento y a esa cita teníamos que asistir, tanto Celia como yo, ya que las dos figurábamos como sus herederas universales.

XIX

Hortensia llevaba toda la mañana esperándonos. El coche en el que viajábamos había tenido una estúpida avería que nos había tenido detenidas más de tres horas en la carretera.

Al llegar, todo estaba en penumbra. Por entre las rendijas de las contraventanas de los balcones de aquellas elegantes estancias entraban suaves ráfagas de luz. Me reconfortó la tibieza del ambiente. A pesar de que nuestra casa se hallaba situada en pleno corazón de la ciudad, disponía de un hermoso jardín trasero en el que destacaba un cenador cubierto por una robusta glicinia. Allí era donde me gustaba jugar de niña, en las pocas ocasiones en las que me había alojado en ella.

Desde que mi padre comenzó con sus malandanzas y más tarde, tras la desaparición de Amalia, mis tías evitaron dejarse ver en aquella chismosa capital de provincias, en la que los comentarios y la maledicencia estaban a la orden del día. Pero mucho antes de todo aquello, cuando eran unas muchachas felices y despreocupadas, las señoritas Salvatierra, en compañía de la anterior tía Celia, solían pasar los meses de invierno en esta casa, disfrutando de una agitadísima vida social. Asistían a todas las representaciones teatrales, a los conciertos, así como a los bailes y recepciones que daban las familias más importantes de la región, entre las que la nuestra destacaba.

Desgraciadamente, en los últimos veinte años, aquella hermosísima casa tan solo fue usada para estancias cortas, generalmente ocasionadas por la visita a algún especialista o, como ahora, para resolver gestiones administrativas.

Sin que todavía lo sospecháramos, pocos meses después serviría de cuartel general desde el que seguir de cerca mi juicio.

Aquellos cuatro días de separación hicieron que el humor de Hortensia se transformara por completo. Definitivamente olvidó su enfado, cuando tras la larga espera nos vio aparecer. En su recibimiento no hubo más que exageradas muestras de cariño, incluso para su hermana Celia, que era la que más agotada llegó de aquel tedioso viaje.

Pero el estado de Celia no se debía solo al cansancio, sino que para todas nosotras era evidente que no le hacía ninguna gracia tener que abrir el testamento del tío Eduardo.

—¡En cierta forma, es como volver a revivir su muerte! —me comentó la tía Beatriz, como perfecta justificación al mal humor del que hizo gala su hermana, desde que a primera hora de ese día abandonamos Salvatierra.

Era tanta la confianza y amistad que mi familia tenía con aquel viejo notario, que él en persona —acompañado por un joven pasante— se acercó hasta nuestra casa a la mañana siguiente. Con la solemnidad que estos actos requieren, aquel venerable anciano, carraspeó y comenzó a leer pausadamente aquello de: «Yo, Eduard Binoche, en perfecto uso de mis facultades mentales, declaro...».

La monotonía de su voz iba pasando sobre los puntos de aquel documento, al que yo apenas si prestaba atención. El tío Eduardo no tenía bienes inmuebles, ni objetos de valor, tan solo disponía de varias cuentas corrientes. Según pude entender, la suma que me correspondía quedaría retenida en el banco hasta que cumpliera veinticinco años. Mientras tanto se me asignaba una cantidad mensual para cubrir mis gastos.

Escuchar aquello me dio ánimos para emprender con más seguridad ese cambio de rumbo que tanto necesitaba. Me agradaba saber que ya no dependería exclusivamente de la generosidad de mi primo durante mi estancia en Roma.

Cuando parecía que iba a concluir la lectura, el joven pasante extrajo de un maletín de piel un sobre que estaba aparatosamente lacrado. Cuando el viejo notario lo tuvo en sus manos acompañó la lectura exhibiéndolo en alto.

—Así mismo, se le hará entrega a mi sobrina, Amalia Salvatierra, de un sobre que contiene una carta escrita por mí y dirigida exclusivamente a ella. Por ningún motivo, nadie que no sea la interesada podrá abrir dicha carta. En el caso de que no se le pueda entregar por causa mayor, este sobre lacrado se destruirá, sin que nadie conozca nunca su contenido.

Temblando lo recibí de manos de aquel viejo servidor del Estado. El corazón me latía agitadamente mientras a mi alrededor pude observar la sorpresa que manifestaban mis tías, sobre todo Celia, que se revolvía en su asiento, nerviosa y bastante apesadumbrada.

Hortensia y Beatriz acompañaron al notario hasta la salida. A pesar de que se le había insistido varias veces en que se quedara a almorzar con nosotras, pretextó tener que volver con urgencia al despacho, pero nos prometió una visita antes de que regresáramos al valle.

En los minutos en los que me quedé a solas con la tía Celia temí que se abalanzara sobre mí para arrebatarme aquella carta que no dejaba de mirar codiciosamente. Como contrapartida, yo la tenía férreamente asida con mis dos manos, dando a entender con ello que no estaba dispuesta a compartir su contenido con nadie, y mucho menos con ella.

Sonreí involuntariamente al pensar que por primera vez era yo la que tenía un secreto, del que, por supuesto, no pensaba hacerla partícipe.

XX

Con más miedo que curiosidad me dirigí hasta el cenador del jardín. Las glicinias ya habían cubierto todo el techado y caían densas y arracimadas por sus paredes. Encerrada en esa cueva floral, lentamente rasgué el sobre y extraje la carta. Dos cuartillas escritas con la angulosa letra del tío Eduardo me aguardaban.

Con la respiración contenida comencé a leer lo que pronto se volvió una confesión en toda regla. Inicialmente se disculpaba por no haberme dicho la verdad mucho antes. Se justificaba al respecto diciendo que actuó así por lealtad a Celia, exclusivamente por lealtad a la mujer a la que llevaba amando toda la vida. Continuaba explicándome que él no fue nunca partidario de todas esas fabulaciones con las que ella me había ocultado tenazmente mi verdadero origen y era por eso por lo que me lo desvelaba ahora, porque no quería abandonar este mundo con semejante remordimiento. Como fiel enamorado que era, consideraba que la lealtad que le debía a Celia prescribía tras su muerte. Y ya, sin más dilación, pasaba a ponerme al tanto de aquella demoledora verdad.

Como una sonámbula, doblé la carta lentamente, la introduje de nuevo en el sobre y me encaminé a mi cuarto, dispuesta a no abandonarlo cuando me llamaran para almorzar. Me tendí en la cama y cerré los ojos con fuerza. Necesitaba urgentemente ordenar mis ideas de la mejor manera posible, intentando asimilar a la nueva Amalia en la que esa carta me había convertido. Afortunadamente la impresión no me paralizó, sino que por el contrario me dio la fuerza suficiente para ver con claridad que necesitaba tiempo y que por ahora no debía dar a conocer este definitivo secreto. Hasta que yo no aceptase mi nueva situación, convenía que nadie lo supiera, y mucho menos la única persona que ya lo sabía. Con la tía Celia, me convenía disimular especialmente para que no sospechara nada. Por eso cambié de idea y bajé al comedor en cuanto me llamaron.

Cuando mis tías me preguntaron por el contenido de aquel sobre, haciendo gala de unas extraordinarias dotes interpretativas, les contesté de forma distraída que era una carta muy afectuosa en la que me daba consejos para mi futuro. Como aquella respuesta pareció convencer incluso a Celia, nos dispusimos a almorzar, sin más inquietud que la de descubrir lo que ese día nos tenía preparado la tía Hortensia.

Pero por dentro yo estaba muy impaciente. Las imágenes se me agolpaban y una especie de insoportable sensación de dolor me comenzó a invadir por todo el cuerpo. Apenas si probé bocado. Disimular era un infierno, sobre todo cuando a los postres me entraron unas incontenibles ganas de llorar. Me vine abajo sin remedio. A duras penas conseguí llegar hasta el dormitorio. Allí me dejaron descansar, mientras llamaban a un médico.

Aquel tipo se limitó a leer mi historial y a recetarme de nuevo aquellas pastillas azules que me hacían entrar irremediablemente en el sueño. «Crisis nerviosa» era el dictamen que figuraba en el informe que emitió al concluir su visita.

Cuando la tía Beatriz me dio la pastilla fingí tomarla, y cuando creyó que me había quedado dormida comencé a pensar de nuevo en la carta. Necesitaba volverla a leer y me dirigí hasta el escondite donde la había ocultado muy prudentemente. Allí seguía, sin que Celia en el descuido de mi desmayo hubiese podido descubrirla.

¡Qué difícil lo había vuelto todo con su manía de guardar las formas, en defensa siempre del honor familiar! Gracias a tan monstruoso empeño había hecho de mi vida un fracaso, al que me enfrentaba ahora de forma definitiva. Porque en esas dos cuartillas se desvelaba mi verdadero origen, el que sin piedad alguna ella me había incautado. Me vi de golpe invadida por un perverso sentimiento, que no era más que un descomunal odio. Sentí ganas de esperar a que llegara la noche para acercarme a su lecho y ahogarla con mis propias manos. Imaginé con placer la fea mueca que la muerte dejaría escrita en su rostro cuando los ojos se le desencajaran mientras los detenía definitiva e inútilmente en mí. Una lengua, fofa y morada, asomaría de su boca. Y sus sarmentosos dedos se crisparían en el desesperado e inútil intento último por desasirse de mis manos.

Recordé la escena de la película que vi de niña, en la que unas rudas manos de hombre ahogaban a una mujer a orillas de un rio. Entonces creí ver en esa imagen a Amalia, cuando en realidad ahora me daba cuenta de que se trataba de Celia. Sí, era Celia la que debía morir en esta historia de mentiras y falsos finales, de padres e hijos que se desconocen y en la que había dos Amalias, sin un claro desenlace. Dos Amalias perdidas y destrozadas por dentro, gracias al antojo de aquella mujer enferma, desquiciada y cruel que había jugado con nosotras sin piedad.

Matar a la tía Celia fue mi primer impulso.

En ese momento no me escandalizó, sino que por el contrario lo consideré como un acto puro, de plena justicia, con el que conseguiría que pagara por tanto daño como nos había causado a las dos.

XXI

Si había alguien que debía de conocer el contenido de aquella carta era sin duda la otra Amalia. Decidí escribirle. Deseaba tenerla conmigo para poder sobrellevar este destino que nos unía a las dos.

Amalia, de nuevo Amalia, que nunca había dejado de estar ahí. Ahora sabía que esa obsesión que desde niña sentí por ella nacía sin duda de algo muy profundo y siempre velado. La propia naturaleza era la que me había impulsado desde que tuve uso de razón a buscarla desesperadamente. El instinto, al que casi siempre convertimos en misterio, me había guiado durante todos estos años, sin que yo alcanzara siquiera a imaginarlo. La sangre sigue caminos desconocidos y yo había ido detrás de ese pálpito, que ahora me había sido desvelado. Mi madre, que me creyó muerta a las pocas horas de nacer y que nunca me había olvidado. Mi madre, que echaba de menos no tenerme con ella en esa pobre habitación donde yo me acurrucaría a dormir a su lado, abrazada a su pecho, notando su desconocido y tibio calor. Mi madre sola sin mí y yo sin ella. Las dos pensando en la muerte de la otra, soportando el inútil vacio de aquel forzado desamparo. Mi madre, con aquellas modestas ropas, con su jarrón de tulipanes amarillos y esas dos fotos de su otro hijo colgadas en la pared. Mi madre, que no consintió en quedarse a vivir la farsa de ese fingido matrimonio que Celia le había preparado. Mi madre, que les advirtió a ella y al doctor Binoche que, en cuanto yo naciera, las dos nos iríamos con Agustín a comenzar una nueva vida muy lejos de Salvatierra.

Escribí la carta envuelta en el atropello de todas las emociones que me asaltaban. Poco a poco el odio que había sentido por Celia se transformó en la inmensa felicidad que me procuraría muy pronto el abrazo de mi madre. Un abrazo que esperaba desde hacía más de diecinueve años y que me estaba aguardando detrás de la carta que debía hacerle llegar cuanto antes. Pensé en lo difícil que sería poder llevarla al correo, ahora que había sufrido una nueva crisis. Valoré entonces la posibilidad de contarle mi secreto a la tía Beatriz, pero desistí de inmediato porque en esta ocasión, más que nunca, no necesitaba intermediarios. Aquel asunto solo nos importaba a las dos Amalias. Era la primera vez que yo dirigía mi destino y no pensaba echarme atrás. Una fuerza desconocida me asaltaba. Quizá se debía a que por primera vez sabía realmente quién era.

Puse en marcha el plan, que comenzaba con fingir una inmediata recuperación del síncope que sufrí horas antes. Mis tías entenderían que leer la carta del tío Eduardo creó en mí una fuerte impresión, de la que a la mañana siguiente dije estar perfectamente recuperada. De nuevo funcionó mi fingimiento y al final de la semana, tal y como teníamos previsto, regresamos todas a Salvatierra. Una vez allí estaba más cerca de poderle enviar la carta a mi madre.

Aproveché que esa primera semana de junio mi profesor me hizo ir a tomar la lección a su casa, para ensayar con otros alumnos unas piezas que presentaríamos en la sala municipal el primer día del verano, y yo misma la llevé al correo. Cuando por fin la introduje en aquella dorada boca de león, que de niña tanto miedo me daba, respiré tranquila pensando que en pocos días mi madre vendría a por mí y las dos juntas abandonaríamos definitivamente Salvatierra.

Pero el destino emplea oscuros medios para derrotarnos y el mío se me apareció aquella feliz mañana de junio, cuando, ya de regreso, pasé por delante de la hermosa y aseada fachada de la casa del juez Puig.

XXII

Aunque parezca extraño, desde que supe la verdad, no había dedicado ni un instante a pensar en él. Toda la atención la puse en mi madre, olvidando —o queriendo olvidar— a quien era mi verdadero padre.

Mi primer padre había sido un joven idealista, muy enamorado de su tierna esposa. A los dos les unía una gran dosis de altruismo y bondad. Mi segundo padre fue un niño rico, soberbio y canalla, que se dejó la vida en un garito de mala muerte, después de haberse hundido en el fango de los bajos fondos y la delincuencia. Y este tercer padre era un aparentemente respetable esposo y padre de familia, reconocido defensor de la ley y el orden, obsesionado con una niña, a la que sometió sin remedio cuando se le presentó por fin la ocasión.

A pesar de lo despreciable de su actuación, a pesar de sus miradas libidinosas y su ridícula manera de vestir, tenía que admitir que aquel era mi definitivo padre.

Amalia Salvatierra o quizá Amalia Puig Salvatierra o también Amalia Salvador. Daba igual cómo me llamara a partir de ahora. Lo importante era que por fin tenía un padre y una madre y los dos debían de saberlo.

Recordé de golpe la agradable impresión que me produjo la que ahora se volvió hermana mía. Si el juez Puig había dado a aquella hija el afecto y el cariño que ella manifestaba sentir hacia él ¿por qué no iba a dármelo también a mí?

Decididamente no me quedaba otra opción.

Dediqué toda la tarde a imaginar cómo sería aquel encuentro. Repasé de memoria una y mil veces el pequeño discurso que me había preparado. Cambié un centenar de detalles del orden de mi exposición hasta llegar, ya de madrugada, a construir un texto que me dejó plenamente satisfecha. Me acurruqué en la cama y seguí repasándolo hasta que el sueño me venció, porque al día siguiente cuando regresara del ensayo, llamaría a su puerta.

La última pieza que tocamos fue marcando en mi ánimo la excitación que me producía lo que iba a suceder poco después, de tal modo que mi profesor me felicitó calurosamente cuando terminé. Afirmó que nunca me había oído tocar con tanta pasión. En otras circunstancias sus palabras me hubiesen hecho detenerme a charlar con él, pero en aquellos momentos yo solo estaba pensando en encontrarme cara a cara con mi padre.

Salí de allí en cuanto me pude desprender de sus amables halagos y comencé a caminar despacio, recreándome en las palabras que iba a pronunciar en cuanto estuviéramos los dos frente a frente. Al acercarme a la verja vi entrar en la casa a un par de señores, a los que la silueta de mi padre les brindó un caluroso recibimiento.

Decidí esperar a que aquella inoportuna visita se marchase, pero se acercaba la hora del almuerzo y a través de los descorridos visillos de uno de aquellos enormes ventanales los vi a los tres sentarse alrededor de una mesa.

La adusta sirvienta que me había abierto la puerta en las dos ocasiones anteriores me atisbó cuando fue a correr las cortinas y se quedó mirándome durante unos segundos, con tal frialdad, que me hizo salir corriendo.

Regresé a casa completamente derrotada, en el momento en el que mis tías comenzaban a inquietarse por mi tardanza. Las distraje contándoles el éxito que había tenido al interpretar la última pieza del ensayo y con ello no levanté sospecha alguna.

Durante la comida supe que no había llegado aquel día ninguna carta. Aquello no me preocupó, porque yo tenía claro que mi madre no me iba a escribir. Estaba segura de que ella vendría a recogerme en persona. Lo que realmente me angustiaba era que no la hubiese recibido y que nos la devolvieran. Según mis cálculos, con un poco de suerte ya la habría leído, aunque tendría que esperar a que llegara el fin de semana, porque seguramente no le darían permiso en el trabajo. El viaje hasta Salvatierra era largo, pero saliendo en tren la noche del viernes, a primera hora del sábado ya podría estar conmigo y el domingo las dos nos marcharíamos juntas. Con la asignación mensual que yo había heredado del tío Eduardo podíamos alquilarnos un pequeño apartamento y además me buscaría algún trabajo hasta que en septiembre volviera a la universidad. Aunque ya no iría a Roma, como quería Nené, ni pasaría el verano con él, pensé que mi primo se alegraría mucho, cuando supiera las razones de mi cambio de planes.

¡Si todo iba como yo pensaba, tan solo me faltaban tres días para estar a su lado!

Inundé de música aquella tarde. Cada sonido estaba cargado de esperanza. Cada vez con más fuerza mis dedos presionaban las teclas, porque a cada nota me sentía más plena. Recuerdo que se me acercó prudentemente la tía Beatriz. La noté un tanto afectada y no era para menos, porque desde que abrí aquella carta mi relación con ella se había debilitado. Apenas si volvimos a hablar y la complicidad que nos habíamos demostrado en nuestros viajes, desapareció casi por completo.

Permaneció detenida al lado del piano mientras me escuchaba. Cuando paré, me acarició con ternura la nuca y me preguntó cómo me encontraba.

Le dije la verdad, en eso no le mentí, porque nunca me había sentido mejor en todos los días de mi vida.

XXIII

Pero cuando comenzaba a atardecer, me volvió la desazón de no haber podido hablar con mi padre aquella mañana. El discurso que me había preparado se me estaba olvidando, sobre todo en esos detalles sintácticos, en los que tanto me había esmerado.

Esa tarde mis tías tenían una visita. Se encontraban muy entretenidas con aquellas dos señoras que hablaban como auténticas cotorras. No lo pensé. Actué impulsivamente. Sabía que si me daba prisa podría llegar a casa del juez Puig antes de que definitivamente anocheciera. No conocía sus costumbres, pero me daba la impresión de que era bastante metódico con los horarios y no quería interrumpir su cena.

Antes de abandonar la casa, pasé por la salita donde merendaban mis tías y sus amigas para decirles que me retiraba a leer a mi habitación. Con sigilo me dirigí hacia la puerta principal. A esa hora las dos muchachas del servicio estaban en la cocina y no me podían ver salir. Apresuré el paso. La brisa de aquella dulce tarde anticipaba ya el verano. Volví a repasar mi sincero y emocionante discurso. Creí que el corazón se me salía por la boca mientras al son de mis veloces pasos entonaba aquella declaración.

Por fin delante de mí tenía la verja, que chirrió incómodamente cuando la abrí. Se oyeron los ladridos de un perro y me asusté. Una voz de mujer le mandó callar y aproveché ese silencio para dirigirme a la puerta principal. Tiré lentamente de la campanilla y el perro volvió a ladrar con más nerviosismo que antes. Apareció aquella adusta criada de las otras veces, la misma que alcanzó a verme por la mañana desde el ventanal del comedor.

—¿Qué buscas? —me espetó con desprecio.

Tartamudeé al decirle que quería ver al juez.

Me contestó que volviera por la mañana porque esas no eran horas de molestarlo.

No quise seguir perdiendo el tiempo con ella y me colé dentro de la casa, sin que pudiera evitarlo. Mi agilidad le pudo a su rotunda y avasalladora presencia. Avancé por aquella casa que ya conocía hasta que la luz que salía por debajo de una puerta me orientó. Era el despacho del juez y allí estaba él delante de su escritorio ocupado en escribir. Debió de creer que la que había entrado era la criada, porque no levantó la vista de la mesa. Llevaba colocados unos quevedos en la punta de la nariz.

—Todavía no voy a cenar, tengo mucho que hacer.

Como yo no le contestaba, levantó la cabeza. Me descubrió al tiempo que la criada irrumpió, bastante azorada.

—¡Señor, no he podido evitar que se colara! —exclamó disculpándose.

—¡Cierra la puerta y no nos molestes!... Ya te llamaré si te necesito —y sonó como si hablara desde el estrado. Le faltó dar con un martillo de madera sobre la mesa y pedir a los ujieres que se la llevaran de la sala.

Aquella desagradable mujer no tuvo más remedio que abandonar la estancia, definitivamente derrotada.

Nos quedamos unos instantes frente a frente sin hablar. Él me pidió que me acercara y me invitó a sentarme en uno de los dos sillones que había colocados al otro lado de su mesa.

—¿A qué debo el honor de tu visita? —me preguntó con afectada ceremonia.

Y de pronto todo aquel elaborado y mil veces memorizado discurso se esfumó de mi cabeza.

Sin quererlo me puse a llorar tibiamente. Él se alarmó y comenzó a hacer esos ruidos que se hacen para que un bebé no llore, pero era inútil porque yo no podía dejar de hacerlo.

Se levantó, vino hasta mí y se sentó a mi lado. Me cogió las manos con delicadeza y me llevó hacia él. Yo me levanté atraída por su afecto y cuando me tuvo delante me hizo sentar en sus rodillas. Pensé que no le habían hecho falta las palabras para reconocerme como suya y me entregué a su cálido abrazo.

Me dejé mecer por él, mientras seguía haciendo ese ruidito con el que se acuna a los niños.

—¡No llores, querida, no llores! —decía, mientras sus manos me iban acariciando.

Supe lo que estaba ocurriendo cuando sus delgados y hábiles dedos iban desabrochando mi blusa. Con una de sus manos comenzó a acariciar mi pecho, mientras que con la otra se adentraba por mi falda. De golpe el llanto se me cortó y eso le hizo decir aquella maldita frase que todo lo precipitó.

—¿Ves como ya estás mejor?... Desde la primera vez que te vi supe que tú eras una niña mala, muy mala... Como lo fue también tu tía Amalia.

XXIV

No recuerdo bien lo que sucedió después. En el juicio no me dejaron explicarlo, pero créanme ahora ustedes, cuando les digo que no sé cuánto tiempo duró aquello. Me sentía como una sonámbula. No entendía nada de lo que estaba sucediendo. Tan solo reaccioné cuando el asco y la vergüenza me empujaron a separarme de él. A pesar de su edad, aquel hombre demostró una fuerza enorme. Me colocó de espaldas a él. En el forcejeo consiguió aplastar mi cabeza contra la mesa. De nuevo volví a llorar, pero esta vez de rabia y de asco y también de vergüenza y hasta de miedo. Conseguí coger con mi mano derecha un abrecartas dorado que tenía la forma de una pluma de ave. Una vez que lo tuve bien agarrado, aproveché la debilidad que le produjo uno de los últimos espasmos para girarme con rapidez y descargué aquel objeto contra su pecho.

Sus ojos, detenidos en esa mirada idiota que produce el placer, me miraron desconcertados antes de que se desplomara sobre la alfombra. La pluma dorada asomaba en mitad de su pecho, del que salía la sangre a borbotones.

Me recompuse la ropa, aplasté mis cabellos con las manos y abandoné aquel lugar lo más deprisa que pude. Las piernas me temblaban y me costaba mucho respirar.

Afortunadamente, cuando llegué a nuestra casa todavía continuaban allí las amigas de mis tías. A pesar de la torpeza de mis pasos, subí las escaleras con sigilo y me dispuse a tomar un baño. El asco y la vergüenza los llevaba pegados a la piel y todavía hoy, cuando lo recuerdo, tengo esa misma sensación. Por eso acumulo siempre jabón en el lavabo de mi celda. Lo necesito tener cerca desde esa noche. A veces, cuando el dolor se vuelve insoportable abro una pastilla y comienzo a olerla desesperadamente, hasta que la punzada va cediendo lentamente.

Como sabía que cuando aquella fiel sirvienta descubriera el cadáver conduciría a la policía hasta mí, me senté a esperar en la oscuridad de mi cuarto.

Tardaron más de lo que yo esperaba. Fue casi al amanecer cuando oí los golpes en la puerta. Recuerdo las caras desencajadas de mis tías al ver a aquellos policías subir las escaleras sin ningún protocolo. Me esposaron y no me dejaron despedirme de ninguna de ellas. Ya casi en la puerta, me topé con el rostro impasible de la tía Celia y le sostuve insolente la mirada. Creí notar en ella algo del arrepentimiento que me debía.

Atropelladamente me introdujeron en un furgón que apestaba a vómitos y orines. Cuando cerraron aquella puerta y nos pusimos en marcha, sentí que mi destino me había ganado definitivamente la partida.

XXV

Coincidiendo con las previsiones que yo había hecho, mi madre apareció por Salvatierra dos días después, casi a la misma hora en la que me condujeron a la prisión provincial, donde permanecería un par de meses a la espera de que se celebrase el juicio. Me imagino la sorpresa que supuso para ella, nada más bajar del tren, que una compungida tía Beatriz no se entretuviera apenas en aquel esperado saludo, sino que la invitara a subir al coche en el que ellas dos se trasladarían inmediatamente hasta la capital. Durante el trayecto la puso al corriente de todo lo acontecido.

—¿Qué se le habrá pasado por la cabeza a esa criatura para hacer una cosa así? —se lamentaba la tía Beatriz, abrumada por el desconcierto.

Mi madre le contó lo que yo le había revelado.

—¡Eso es completamente absurdo! ¿Cómo iba Eduardo a escribir esa carta?... ¿Y por qué iba Celia a ser tan cruel contigo como para mentirte en un asunto como ese?... Lo que te ha dicho nuestra sobrina es un puro despropósito, ¿no te das cuenta? ¡Dios mío, está más enferma de lo que yo pensaba! —con esa sonora exclamación la tía Beatriz dejaría muy clara su posición a partir de ese momento.

Ya nunca más volvió a ser mi aliada y, como los demás, no haría nada para ayudarme.

En pocos días mi familia tuvo que tomar decisiones de mucho alcance, porque un juicio de esa gravedad exigía una buena preparación. Había que contratar a un buen abogado y ver qué línea de defensa se iba a seguir. Como siempre, en esta ocasión la tía Beatriz también recurrió a mi primo, que fue el que se encargó de correr con los honorarios de uno de los mejores.

A la tía Hortensia los acontecimientos la superaron de tal modo que permaneció en Salvatierra, sin dejar en ningún momento de llorar y de lamentarse. Tan solo vino para asistir al juicio y dentro de la sala compartió con Beatriz y Nené toda aquella mezcla de vergüenza y escándalo que les produjo a todos ellos ver nuestro apellido manoseado por la prensa sin piedad alguna.

La única que no estuvo presente, ni siquiera en el juicio, fue la tía Celia, que había comenzado desde la noche de mi detención su particular y definitivo purgatorio.

Cuando el abogado me visitó por primera vez yo se lo conté todo, absolutamente todo. Le expliqué, igual que lo estoy haciendo ahora, lo que ocurrió y lo que me llevó hasta aquella casa. Le hablé también de todas las mentiras con las que Celia me había escamoteado mi vida. A medida que se lo iba relatando me iba sintiendo cada vez mejor, hasta el punto de que llegué a pensar que todos los que me escucharan en la sala me comprenderían perfectamente. Pero desgraciadamente nadie me quería dar esa oportunidad. En cuanto Nené se enteró de la confesión que el tío Eduardo me había hecho póstumamente, él y su madre decidieron que eso era fruto de mi extrema enajenación mental y que por tanto no debía de ser mencionado en el juicio.

Inmediatamente hablaron con mi madre para explicarle lo inoportuno que sería el que se descubriera que ella no había muerto, así como la relación que mantuvo con la víctima.

—No debemos sacar a la luz nada de eso. La línea de defensa que seguiremos será la de insistir en su estado mental y con ello, creo que conseguiremos rebajar la condena considerablemente —concluyó el abogado, mientras daba por hecho que mi madre iba a aceptar.

—¡Ahora no me podéis exigir que la abandone de nuevo y menos en estas circunstancias! —contestó, antes de que escuchara los sutiles argumentos de su hermana Beatriz.

—¡No eres su madre!... ¿No te das cuenta de que nuestra sobrina está enferma? Debes pensar con serenidad qué es lo mejor para ella en estos duros momentos. Y no creo que el juez y la acusación tengan que conocer esos íntimos detalles familiares, que durante tantos años han permanecido en secreto... ¡Con ello lo único que conseguiríamos sería endurecer la pena!... Piensa que, si acaso fuera verdad lo que ella te contó en su carta, un parricidio es un delito mucho más grave que el de un acto de locura —concluyó aquella vil embaucadora, a la que hasta hacía tan poco yo había considerado la mejor persona del mundo.

XXVI

Todo se agolpa en mi cabeza ahora que llega el final. No tengo un recuerdo ordenado y nítido de aquellos difíciles días en los que me tuve que acostumbrar a mi nueva y determinante situación. La de ser «una asesina sin escrúpulos, una joven desquiciada y neurótica, llena de odio y rencor, que se vengó de forma despiadada de un honorable ciudadano, escrupuloso defensor del orden y la ley».

Este contundente argumento fue el que empleó el fiscal al alentar al juez a dictar mi sentencia. Un juez que había sido amigo personal de Puig, y al que consideraba no solo su mentor, sino la persona a la que debía su carrera profesional.

Desde el primer momento todo se puso en mi contra, sobre todo mi familia. Ya no era la feroz Celia la única que luchaba con uñas y dientes por defender el buen nombre de los Salvatierra. Ahora eran también Beatriz, y sobre todo Nené, los que no permitieron que mi abogado usara como atenuantes los aspectos más escabrosos del caso.

Me decepcionaron todos, absolutamente todos, porque comprendí que no es que Celia les hubiese ocultado la verdad durante todos estos años, sino que eran ellos los que decidieron cerrar los ojos y mirar para otro lado, para que de ese modo la familia siguiera adelante, sin que nada perturbase el orden establecido.

Que hubiésemos perdido las tierras y las bodegas y que de aquel inmenso patrimonio que amasaron los anteriores abuelos Antonios no quedara más que una modesta renta de la que vivían desahogadamente mis tías era aceptable. Me atrevería a decir que incluso encerraba un cierto encanto eso de ser *una familia bien venida a menos*. Pero ese punto de decadencia amable, con mi crimen se había desbordado y ningún Salvatierra parecía estar dispuesto a permitirlo. Poco a poco, desde mi detención hasta llegar a los espantosos días del juicio, mi familia se fue desmarcando de aquel monstruo en el que, entre unos y otros, me habían convertido.

La única que permaneció en todo momento a mi lado fue mi recién estrenada madre. A pesar de la enorme presión que ejercieron sobre ella, no se dejó convencer. Quizá porque sabía muy bien de lo que era capaz su hermana Celia, no dudó en creer la confesión del tío Eduardo. Ella y yo sabíamos perfectamente que no podía perjudicarme su declaración, porque precisamente daba sentido a mi acto. Si es que acaso un asesinato puede realmente tener sentido alguno.

Todo esto lo he ido entendiendo más tarde, porque entonces no alcancé a ver el sucio juego de intereses que se traían entre manos Nené y su madre. Demasiado tenía con ordenar los sucesos que me habían llevado a causar la muerte del juez Puig.

Si sus manos no me hubiesen tocado de esa manera. Si se hubiese detenido a preguntarme a qué había ido, qué quería o por qué lloraba. Cualquier cosa me hubiese bastado para comenzar a decirle que lo necesitaba, que no me importaban todos esos años de silencio, porque desde ahora los dos ya podíamos empezar a conocernos. Confundí sus primeros abrazos y sus primeros besos, al creer que se había dado cuenta de quién era yo, sin que hiciera falta que le dijera nada. Confundí aquella densa y entrecortada respiración con la emoción del reencuentro y sus perversas manos, con las de un verdadero padre. Pero, al darme cuenta de lo que ocurría realmente, no pude o no supe actuar de otro modo. Una rabia indescriptible me sacudió cuando consumó su pecado, que para entonces ya era también el mío. Aquella culpa se me pegó al cuerpo, lo mismo que sus babas y su olor a viejo hambriento y desesperado.

En el juicio nadie habló de violación porque, de nuevo según mi abogado, era imposible de probar. Aquella odiosa mujer, cuando descubrió su cadáver, se preocupó de asearlo y adecentarlo antes de llamar a la policía. Con ello, borró intencionadamente todas las huellas de su despreciable acto. Además insistió durante su declaración en que yo acostumbraba a merodear por la casa del juez. Les contó que había visitado en dos ocasiones anteriores a la víctima y se permitió el lujo de afirmar que desde el primer momento sintió que yo iba con muy malas intenciones, que escondía algo oscuro detrás de mi aspecto desamparado. Me sorprendió escuchar ese detalle, porque hasta ese preciso momento no me había dado cuenta realmente de lo desamparada que había estado durante toda mi vida.

Creo que nunca nadie me ha definido mejor.

XXVII

Cuando les tocó el turno, los médicos insistieron en mi obsesión desde la infancia por la figura de la tía Amalia. Uno tras otro fueron trazando un escenario de severa alteración de la realidad. Abiertamente me definieron como maniaco-depresiva y no dudaron, a preguntas del fiscal, en llegar a sugerir que en mí se había ido desarrollando una fuerte necesidad de venganza contra todo lo que me rodeaba. Trajeron a la sala mis diarios, los escrutaron obscenamente y de lo allí escrito dedujeron, gracias a las aviesas opiniones de la acusación, que yo pude planear un ajuste de cuentas en toda regla contra el juez Puig, simplemente porque, en mi delirio, había llegado a creer que era mi padre.

Ante mi asombro aquella teoría sería empleada de manera constante durante el resto de las sesiones, sin que en ningún momento la defensa reaccionara en contra.

A última hora de ese terrible día declaró también la hija del juez Puig. Aquella elegante mujer a la que conocí en el tren describió a la víctima como un hombre adorable, que nunca había hecho mal a nadie, buen esposo y padre amantísimo. En absoluto recordó su desmedida afición por las muchachas, ni los rumores que corrían por Salvatierra sobre su reprobable conducta. Se limitó a insistir en las bondades de su progenitor y en la tristeza que le producía haberlo perdido de esa manera tan cruel. Recuerdo que acabó su declaración afirmando con fingida extrañeza que no entendía cómo alguien había podido hacerle daño a un hombre tan excepcionalmente bueno.

Mientras hablaba no me quitaba los ojos de encima. Su mirada desprendía una intensa mezcla de rabia y desprecio, no sé si por haber matado a su padre o porque me hubiera convertido de golpe en su hermanastra.

Siguiendo con la línea de defensa diseñada por Nené, a mi madre se le negó definitivamente la posibilidad de declarar. Por más que lo intentó, mi abogado le dejó bien claro que no la pensaba llamar al estrado. Entre otras cosas, porque a efectos legales ella todavía estaba muerta y era mejor que siguiera estándolo, por lo menos hasta que a mí me juzgaran. La entrevista tuvo lugar en nuestra casa, a escasos metros del Palacio de Justicia.

Cuando el abogado terminó de exponer sus inducidas intenciones, Beatriz, Nené y ella se enzarzaron en una violenta discusión, que provocó que mi madre no volviera a hablar con ellos nunca más.

Antes de que comenzase la vista del día siguiente, mi madre se entrevistó con el fiscal, pero a él tampoco le interesaba su testimonio, porque con ello la víctima quedaba bastante expuesta y aquella incestuosa violación acabaría, tarde o temprano, admitiéndose como prueba.

La imagino —tal y como me lo contó mucho tiempo después— sola y abandonada por todos, sin que nadie quisiera escucharla. Tan solo la movía el deseo de demostrar que yo había actuado en defensa propia y que mis intenciones, al llegar a esa casa, no eran otras que las de encontrarme con mi verdadero padre. Y que él, y solo él, había sido el causante de aquella desgracia.

—Era muy tarde y entré en un bar. Pedí una copa en la barra, dispuesta a hacer algo que nunca antes había hecho: emborracharme. Y entonces fue cuando los vi y los reconocí de inmediato, porque llevaban desde el primer día apostados a las puertas de los juzgados. Eran el redactor y el fotógrafo de un diario muy importante. Y de pronto pensé que ellos sí que escucharían mi declaración.

A la mañana siguiente, cuando el juez, los abogados, mi compuesta tía y su adorado hijo se levantaron, no tuvieron más remedio que desayunar con una fotografía mía en portada, debajo de un titular en el que se leía: *La hija secreta del juez Puig.*

A petición de ambas partes el juez suspendió durante un par de días la vista. En ese tiempo mi abogado y Nené estudiaron la situación tan incómoda en la que les había colocado mi madre, a la que los periodistas aceptaron mantener en el anonimato.

Imparable, la noticia ya ocupaba los titulares de toda la prensa y en las emisoras no se dejaba de hablar del caso. Como suele ser habitual, el escándalo se había extendido como la pólvora.

XXVIII

En la entrevista privada que mantuvo mi madre con el juez, él le pidió pruebas y ella le dijo que fueran a Salvatierra y buscaran en mi habitación. Pero por más que la policía revisó todos sus rincones, la carta del tío Eduardo, que yo recordaba haber dejado guardada en uno de mis cuadernos, nunca apareció.

No sé si fue Celia o Nené, o todos a la vez, los que rebuscaron en mis papeles, la encontraron y decidieron que su contenido no era el más indicado para hacerse público. Sin el testimonio que aportaba esa carta, el juez Puig no era mi padre y su muerte se convertía tan solo en un acto brutal y gratuito.

Nada resultó ser verdad dentro de aquella sala, donde unos tipos arrogantes se retaban entre ellos mediante su pretendida elocuencia. Hablaban de honor, de familia, de respeto. Mi extrañeza iba en aumento con cada nueva intervención. Pronto comprendí que nada me podría librar de una dura condena. A partir de ese momento, como hiciera Meursault en su propio juicio, me dediqué a mirar con la distancia de un extranjero aquel extravagante espectáculo.

La perfecta conjunción que desde el primer momento se estableció entre la defensa y la acusación solo se vio amenazada por la prensa. Pero no porque los periodistas, desplazados cada vez en mayor número, quisieran que prevaleciera la verdad, sino porque veían un parricidio aderezado con una incestuosa violación, más vendible que un simple acto de enajenación mental. De ahí que comenzaran en los diarios más sensacionalistas a realizar un juicio paralelo, en el que los más escabrosos detalles eran analizados y escrutados con lupa.

No obstante, se dio la terrible paradoja de que aquellos profesionales del escándalo ayudaron al tribunal a reafirmarse mucho más en sus convencionales argumentos, por considerar que lo que se publicó era a todas luces desmedido y en extremo falso.

Mi vida de nuevo era fabulada, sin que yo pudiera hacer nada más que observar, como simple espectadora, lo que de aquella desconocida Amalia Salvatierra se iba diciendo. Mi sino parecía ser ese y no otro. Yo era más personaje que persona. Y ahí estaba, quizá, la clave de mi infortunio. Porque las acciones que acometen las personas se producen siempre en un tiempo y un lugar determinados y atienden a unas causas concretas. Mientras que los personajes quedan en manos de todos aquellos que se acercan al relato de sus vidas, lo exploran y acaban extrayendo sus propias conclusiones. Al igual que de un personaje se pueden crear infinitas versiones, tantas como lectores hayan curioseado en su vida, yo tenía la certeza de que en mi propia vida eran muchos los que habían ido entrando sin pedir permiso y se paseaban por ella sin pudor alguno.

XXIX

Aún hoy me pregunto cómo de golpe mis tías pudieron dejar de apoyarme, o lo que es lo mismo, de quererme. ¡Y qué fue del cariño casi de hermano mayor que Nené me había demostrado tantas veces!... ¿Por qué no dudaron en ponerse de parte de todos aquellos desconocidos que se habían permitido el lujo de juzgarme sin apenas conocerme?

Desde la primera sesión del juicio, Hortensia y Beatriz quedaron horrorizadas con aquel retrato que se estaba dibujando de mí. Dejaron de verme como a su dulce y tierna sobrina, para pasar a considerarme una perturbada peligrosa, que en cualquier momento podría volver a matar. Las vi llorar en casi todas las sesiones y hasta llegué a lamentar el daño que les estaba causando. ¡Ya no había complicidad ni afecto en sus miradas! Sus ojos pasaban por mí, como si yo fuera una completa desconocida, que les provocara miedo y vergüenza a partes iguales.

En los primeros meses de cárcel eché de menos una visita, una carta, un par de calcetines de lana con los que sobrellevar mejor la crudeza de estos suelos, cualquier cosa con la que me hubiesen dado a entender que estaban ahí, que me querían, que no les importaba todo lo que se había dicho acerca de mí.

Beatriz y Hortensia vinieron tan solo al principio, en un par de frías visitas. Pero luego pretextaron que desde Salvatierra era muy incómodo el viaje en coche para unas mujeres tan mayores como ellas y no volvieron más. Dejaron enteramente a mi madre esa responsabilidad. Y ella fue la única que esperaba, desde la soledad de nuestra bonita casa de la capital, a que le concedieran los permisos de visita. Gracias a aquellos breves encuentros, las dos pudimos lentamente iniciar nuestra relación.

A partir de ahí lo demás dejó de tener importancia. No la tuvo ni siquiera cuando, puesta en pie, escuché aquella ceremoniosa sentencia en la que me condenaban a casi diez años de prisión. Los fogonazos de los fotógrafos me deslumbraron y apenas pude distinguir a mi madre entre aquella enloquecida muchedumbre que se agolpaba a mi alrededor. En su mirada descubrí lo único que necesitaba. Ella sabía que yo no estaba loca, que había actuado en defensa propia y que, de alguna manera, con ese acto me había encargado de vengarnos a las dos.

No tengo la menor duda de que para las tres hermanas Salvatierra todo habría sido mejor si Amalia hubiese seguido estando muerta, porque —como ya he señalado en otro momento— los errores y las culpas que creyeron prescritos, con su regreso volvieron a tener vigencia y de nuevo mi madre se convirtió en la joven indómita y rebelde de antes.

En cuanto concluyó el juicio Beatriz y Hortensia regresaron a Salvatierra para encontrarse allí con la feroz Celia. Y Nené, una vez que pagó generosamente a su dócil abogado, partió hacia su paraíso isleño, bastante satisfecho de ver que la familia había quedado al margen de mi delito. Por lo visto se ha casado con una rica heredera local y con ella ha formado una hermosa familia. La tía Beatriz se fue a vivir con ellos cuando tuvieron a su tercer hijo.

A pesar de lo mucho que la llegué a odiar, nunca deseé la muerte de la tía Celia. Por eso cuando me la comunicaron sentí una profunda y sincera tristeza.

De eso hace ya más de dos años.

A la prisión llegó una carta de ella que todavía no he abierto, ni creo que la abra nunca. No me interesa saber lo que quiso decirme, cuando ya no le quedaba apenas tiempo para seguir destrozándome la vida. No sé si en ella se disculpa o insiste en reafirmarse en su actuación. No sé si me pide perdón o me lo exige. Y la verdad es que no me importa lo más mínimo. Fue tan cruel conmigo que no puedo perdonarla. Me aisló del mundo. Me contagió su dureza, hasta el punto de que no supe sentir de niña más que el desprecio de aquel distante abuelo, al que siempre le molestaba mi presencia. Tan solo escuché de ella los gestos y las actitudes de una estricta directora de internado. Pero, a pesar de tanto rencor, descubrí que se puede querer a alguien de una forma no prevista y ni siquiera deseada. Por eso me dolió su muerte tan intensamente.

Parece ser que en sus últimas horas decía nuestro nombre constantemente. Unos días antes, mi madre estuvo con ella y pudo oír de sus labios cómo le pedía perdón. Aunque en el fondo creo que nada, ni nadie, le hubiese hecho actuar de otro modo, si de nuevo se hubiese tenido que enfrentar a las mismas circunstancias. Celia era así, tan segura de sí misma, tan soberbia y cruel, que no hubiese permitido que nada se interpusiera nunca en sus decisiones. Tenía ese convencimiento que poseen los iluminados de que solo hay una forma de actuar y esa forma es indefectiblemente la suya. He llegado a pensar que ella era la más enferma de todos nosotros. Su demencia era reservada y silente, al tiempo que monstruosa y atroz de tan despiadada e inhumana.

Mi madre me contó no hace mucho que en aquella última conversación que mantuvieron, le explicó con todo lujo de detalles cómo actuaron el tío Eduardo y ella a la hora de fingir mi muerte. A las pocas horas de mi nacimiento, él le administró a mi madre un potente sedante que la tuvo una semana casi inconsciente. Al despertar le dieron la triste noticia. Para entonces supuestamente ya me habían enterrado, por lo que no pudo ver mi cuerpo. Fue una coartada perfecta, que les libró de cualquier sospecha.

—¡Si no les hubiera confesado que en cuanto nacieras me iría contigo muy lejos de Salvatierra, creo que no hubiesen actuado así! —me dijo, como si de ella fuera en el fondo la culpa de todo aquel despropósito.

Tengo su carta guardada entre mis papeles y a veces la miro con tanta inquietud que estoy casi a punto de rasgar el sobre. Si no lo hago, es porque en el fondo tengo un miedo atroz a que no sea una carta de disculpa, sino que en ella se esconda una nueva mentira, o una despiadada verdad, y otra vez comience en mí la necesidad de encontrar respuestas.

En su lecho de muerte mi madre no la perdonó. Le resultó imposible. Por más que lo intentó, no pudo hacerlo. Abandonó entre lágrimas su dormitorio y nunca más la volvió a ver con vida.

Tres días después de aquella escena, la tía Celia murió gritando nuestro nombre, sin que sepamos a cuál de nosotras dos estaba llamando.

XXX

Debía de resultar muy curioso vernos a mi madre y a mí en nuestros primeros encuentros, porque éramos las dos unas perfectas desconocidas. Como no sabíamos nada la una de la otra, se producían largos silencios, que ninguna era capaz de romper. Para ocupar el tiempo ella me solía leer las cartas que Bernard le mandaba. Hacía muy poco que en aquel lugar donde él prestaba servicio había estallado la guerra y las dos compartíamos el miedo y la desazón, siempre que el correo se retrasaba más de la cuenta. No debió de ser fácil para él descubrir que de buenas a primeras tenía una hermana que estaba cumpliendo condena por asesinato.

Siempre que se acerca la hora de nuestro encuentro comienzo a sentir una intensa sensación de alegría, porque con ella todo cobra sentido. Dedicamos una parte de la visita a contarnos, la una a la otra, aspectos de nuestro pasado. Ella me habla de Bernard, sobre todo de cuando era niño, y también de su vida con Agustín, en el tiempo en el que los dos todavía se amaban. Pero hay cosas de las que no me quiere hablar. Se trata de las que tienen que ver con el abuelo Antonio y con el juez Puig. Tampoco le gusta recordar el año que pasó ingresada en un hospital francés. Tan solo sé que primero la atendió un médico muy amable, con el que mi madre se sentía muy a gusto. Pero cuando ese médico se jubiló, ella pasó a ser paciente del tío Eduardo.

—Todo cambió para mí... ¡Desde el primer momento fue como si Celia y él llevaran toda la vida juntos! —me dijo al recordar aquellos confusos meses que pasó ingresada a la fuerza y sin motivo aparente.

—La mayoría de las veces Eduard no me preguntaba a mí, sino que se dirigía directamente a ella... ¡Y Celia le retrató al abuelo como a un padre perfecto y a mí como una criatura caprichosa, consentida y bastante neurótica!... Cuando él se dio cuenta de cómo era de verdad mi vida en Salvatierra ya no pudo ayudarme, porque para entonces era un absoluto rehén de la tía Celia.

Recuerdo que cuando le conté a mi madre que me habían pedido escribir mi historia, no le gustó la idea, porque pensó que con ello reavivaría terribles y duros recuerdos. Pero con el tiempo ha comprendido, como yo, lo mucho que me ha servido este ejercicio para poner en orden mi cabeza.

Si esta vez el resultado no satisface a los editores, no podré hacer nada para remediarlo, porque ahora ya sí que lo he contado todo. No me queda nada por aclarar. Tan solo me reservo algunas conversaciones con mi madre, porque si las difundiera sería como si con ello perdiéramos, ella y yo, la intimidad que nos une y que tanto trabajo nos ha costado conseguir.

XXXI

En Salvatierra, la única que sigue viviendo es la tía Hortensia. Tras la muerte de Celia no quiso irse a las islas con su hermana. La imagino en la oscuridad de la noche, deambulando fantasmal por aquellos desiertos corredores. Quizá el piano suene desafinado y tétrico y su eco llegue hasta el río, en noches como aquella en la que yo llegué a sentir por unos instantes la atracción de la muerte.

Cuando Hortensia muera, todo habrá terminado. La casa quedará desierta y por fin se apagarán los ecos de aquellas voces que la habitaron.

La mía será una de ellas.

Hay noches en las que vuelve esa atroz pesadilla que desde siempre me persigue. Pero ahora sé que la casa por la que comienzo a deambular no es otra que la de Salvatierra, y que cuando observo en sus paredes y en sus muebles un deterioro cada vez mayor no es más que el efecto de cómo el tiempo y la ausencia la ha ido desdibujando a través de todo el dolor que contiene.

La mirada de la tía Hortensia será la última mirada que se deposite en ella, y cuando sus ojos se cierren definitivamente, Salvatierra desaparecerá.

Ya lo he visto anunciado en mi sueño, porque cada vez me atrevo a aguantar más, antes de despertar gritando. Y ahora sé que todo a mi alrededor se vuelve arena y acabo caminando torpemente, con mis pies secos, a través de una duna enorme y dorada; una duna que antes era el fértil y frondoso valle de Salvatierra.

XXXII

Ayer me visitó mi madre dos días antes de lo previsto. Apenas la han dejado hablar conmigo un instante. La he visto demacrada y triste. Me dijo entre sollozos que tenía que salir esa misma tarde para Francia. Allí le van a entregar una bandera y el ataúd en el que han repatriado los restos de Bernard.

No me han permitido darle siquiera un beso.

XXXIII

Pienso constantemente en ella. Llevo toda la semana sin salir al patio. La imagino llegando al hangar frio y desolado en el que harán la entrega. La acompañará Agustín y los dos apenas si podrán intercambiar unas cuantas palabras ahogadas por el llanto, la pena y también la rabia.

XXXIV

Mi madre tardará en regresar al menos un par de semanas.

Me da mucho miedo pensar en lo que pueda ocurrir de aquí a que oiga de nuevo su voz. Aunque no me visita más que una vez al mes, la siento muy cerca porque sé que nos separa muy poca distancia. Las dos vemos el mismo sol y escuchamos los mismos truenos cuando hay tormenta y la misma lluvia nos moja cuando miramos al cielo.

Siempre la imagino esperando nuestro encuentro en esa hermosa casa que tiene un jardín cubierto de glicinias. En los meses de primavera y verano viene con una prendida de la solapa y con ella me trae el aroma del cenador donde tanto me gustaba jugar de niña, el mismo en el que leí la carta del tío Eduardo que me ha traído hasta aquí.

XXXV

¡Siento a mi madre tan lejos y tan triste!

En el fondo temo que tarde más de la cuenta en regresar o que, incluso, no regrese.

Si ella no volviera, yo no sé de qué sería capaz. Sobre todo ahora que noto insistentemente los latidos de la carta sin abrir de la tía Celia.

Cada vez más fuerte, como el corazón de Poe, llegan a mis oídos los golpecitos que las cuartillas dan contra las paredes del sobre, como queriendo con ello reventarlo.

Cada vez más fuerte, más fuerte, más fuerte, como el corazón de Poe, de día y de noche golpean insistentemente las palabras amotinadas dentro, a la espera de salir y lanzarse contra mis ojos.

Cada vez late con más fuerza en mis oídos esa maldita carta. Puedo ver cómo se hinchan las paredes del sobre y temo que, si no la abro, acabarán esparcidas por la celda todas esas palabras que Celia metió allí dentro.

XXXVI

Ahora ya sé que mi vida es como un desierto helado, en el que nunca he encontrado el abrigo de las cosas ni de las personas con las que he compartido los días.

XXXVII

Quizá si mi madre estuviera ahora conmigo, sabría salvarme de lo que la feroz Celia haya tramado contra mí en este último y definitivo asalto. Pero mi madre no está y la carta aúlla su rabia y sus ganas de hacerme daño. Y sé que de nuevo comenzará en mí la inevitable necesidad de dar sentido a mi historia, de dar sentido a aquello que quizá nunca lo pueda tener.

XXXVIII

¡Cada vez más fuerte, cada vez más fuerte, como el corazón de Poe, cada vez más fuerte!

¡Esa maldita carta, cada vez más fuerte, y yo, cada vez más débil!

Comienzo a comprender que no tendré más remedio que leerla.

SERVICIO DE PSIQUIATRÍA,
DESPACHO 03, HOSPITAL LECLERC

A la atención del Dr. Eduard Binoche:

He creído conveniente hacerle entrega, junto con todos los informes clínicos, de dos cuadernos, el primero azul y el segundo rojo, en los que la paciente ha ido escribiendo desde que fue ingresada en esta unidad, hace ahora siete meses. Cuando me encargué del caso me pareció interesante animarla a que trasladara al papel sus emociones. El resultado aquí lo tiene. No le adelanto nada, porque espero a que sea usted el que lo juzgue. Tan solo le diré que este caso me resulta en extremo fascinante y que he llegado a lamentar tener que dejarlo.

Al ser la paciente extranjera no podrá entrevistar a su familia. Tan solo puede contar con la ayuda que le preste su hermana, una joven bastante madura y reflexiva. A través de ella podrá conocer detalles que quizá le resulten de interés.

Le deseo toda la suerte que sé que va a necesitar.

Atentamente,

Dr. Charles Bonnard

P.D: Cuando lea estos cuadernos descubrirá que es usted un personaje muy relevante en esta historia. En todas las ocasiones en las que le he preguntado a la paciente por esta circunstancia no ha sabido darme una respuesta precisa. Tan solo se me ocurre pensar que ha elegido al azar su nombre, de entre la relación de especialistas que figura en una placa a la entrada de la planta en la que ella está ingresada.

¿Qué otra razón podría haber para ello?